KB114240

# 내일을 향해 쏴라

김형석 장편 소설

FUSION FANTASTIC STORY

내일을 향해 쏴라 2

김형석 장편 소설

초판 1쇄 찍은 날 § 2014년 7월 29일
초판 1쇄 펴낸 날 § 2014년 8월 5일

지은이 § 김형석
펴낸이 § 서경석

편집부장 § 권태완
편집책임 § 박가연

펴낸곳 § 도서출판 청어람
등록번호 § 제387-1999-000006호
등록일자 § 1999. 5. 31
어람번호 § 제1-1909호

주소 § 경기도 부천시 원미구 부일로 483번길 40 서경B/D 3F (우) 420-822
전화 § 032-656-4452 팩스 § 032-656-4453
http://www.chungeoram.com
E-mail § chungeorambook@daum.net



ISBN 979-11-316-9144-1 04810
ISBN 979-11-316-9142-7 (세트)

# 내일을 향해 쏴라

## 2

김형석 장편 소설

FUSION FANTASTIC STORY

# 내일을 향해 쏴라

# Contents

# Chapter 1

*1*

"오셨어요?"

수는 현관문을 열면서 인사를 꾸벅했다.

엄마와 아버지가 그 뒤로 살짝 긴장을 한 듯 굳은 얼굴로 서 있었다.

"안녕하세요, 슈퍼스타Z의 연출 강성중이라고 합니다. 이쪽은 작가 이미숙, 카메라맨 조진원이고요."

"우리 구면이죠?"

미숙이 웃으면서 아는 척을 했다.

누군지 딱 하고 떠오르지 않아 이리저리 기억을 뒤지다 2

차 예선을 맡았던 심사위원이었다는 걸 깨달았다.

"아아, 서울 예선에서……."

"네, 맞아요."

미숙은 어째서인지 웃음을 잃지 않았다.

그건 그녀가 통과시킨 지원자가 슈퍼위크에 통과했단 자부심 때문이다.

그녀는 구성작가로서 자신의 손을 거친 누군가가 메이킹된다는 것에 큰 기쁨을 느끼고 있었다.

"수야, 언제까지 서 계시게 할 거야? 누추하지만 들어와서 앉으세요."

엄마의 말씀에 수가 아차 싶었는지 세 사람을 거실로 안내했다.

그리 거실이 크지 않은 까닭에 모두 앉으니 비좁게 느껴졌다. 엄마는 다과와 차를 내왔고, 아버지는 어색하신지 연신 헛기침만 뱉고 계셨다.

"긴장하지 마세요. 최대한 자연스럽게 가면 돼요."

"음, 그냥 있으면 되는 겁니까?"

"네, 아버님. 편히 계세요. 저희가 드리는 질문에만 솔직하게 답변을 하시면 돼요."

강성중 연출은 경험이 많은 듯 친절하게 설명을 했다.

그 와중에 카메라맨 조진원은 쉴 새 없이 눈동자를 굴렸다.

조금이라도 앵글에 담았을 때 그림이 좋게 나오고, 분위기가 살 수 있을 만한 배경을 고르고 있는 걸로 보였다.

“가족 사항엔 남동생도 있다고 쓰여 있는데…… 안 계시나 봐요?”

미숙이 이력서를 보면서 묻자 수가 얼른 사정을 설명했다.

“그게 동생이 예민하다 보니, 방송에 회의적이라서요. 죄송하지만 생방송 무대에 진출하면 그때 온다고 하더라고요.”

“그래요? 할 수 없죠.”

미숙은 크게 아쉬워하지는 않는 눈치였다.

그도 그럴 것이 촬영을 위해 방문은 했지만 수의 가족사는 그리 특별하지 않았다.

지원자 중에서 가정 형편이 어려운 참가자는 손으로 셀 수도 없이 많다. 그중에는 진짜 사정만 들어도 눈물이 핑 돌 정도로 딱한 이들도 있다.

그들에게 비하면 수의 가정 형편은 어려운 것도 아니다.

‘또 많이 쓰던 포맷이라서, 집안이 어렵다는 건 고리타분하다고.’

세 사람이 가정을 방문한 건, 수의 프로필이 될 사항을 촬영하기 위해서다.

진짜 노리는 핵심은 따로 있었지만 당장은 내색을 하지 않았다.

촬영은 순조롭게 진행이 되었다.

미숙의 질문에 아버지와 엄마는 대답을 했다.

성장기에 수가 어땠느니, 어려서부터 노래에 재능을 보였다느니 하는 아주 사소하고 기본적인 질문들이었다.

"그게 나도 잘 몰랐는데, 어느 날 들어보니 노래를 기가 막히게 부르더라고요. 내 아들이 아닌 줄 알았다니까요?"

"하하. 아드님한테 속으셨네요."

미숙은 자연스럽게 대화를 유도하면서 분위기를 누그러뜨렸다.

시즌5까지 오면서 많은 참가자의 가정을 방문한 만큼 매우 능숙했다.

인터뷰가 끝나고 수의 과거 행적을 볼 만한 앨범이나 사진 등을 쭉 꺼냈다.

"한 장씩 넘겨주시면서 사진을 그윽하게 보시면 돼요."

강성중 연출의 말에 시키는 대로 따랐다. 이런 걸로 방송 분량이 나올까 의심스러웠지만, 알아서 잘하겠지 싶어 크게 개의치 않았다.

"촬영 끝, 수고하셨습니다."

"벌써요?

수는 약간 얼얼한 표정을 지었다.

몇 가지 질문에 답변을 하고, 형식적인 장면을 카메라에 담는 걸로 싱겁게 촬영이 끝났다.

'하긴, 실제 방송을 봐도 참가자의 가족사는 몇 초밖에 안 나오니까.'

촬영팀이 집을 방문한다는 말에 큰 기대를 하셨던 부모님이 서운해하시지 않을까 하는 마음에 슬쩍 수가 눈치를 살폈다.

우려와 달리 두 분은 촬영이 끝났단 말에 안도한 듯 편해 보이셨다.

"이수 씨는 따로 저희랑 얘기 좀 나눌까요?"

강성중 연출을 따라 방으로 자리를 옮겼다. 바닥에 양반다리를 하고 마주 앉은 그가 입을 열었다.

"호스피스 병동은 요새도 나가시나요?"

"네, 전공과목이다 보니 학기 내내 할 거 같아요."

"아하! 지원서에 호스피스 실습을 하시다가 만난 분 때문에 지원을 하셨다는 얘기가 그런 거였구나."

수는 불현듯 그간 잊고 지냈던 김강진을 떠올렸다.

이기적이고 자기중심적이었지만 결코 밉지 않던 그가 아니었다면 슈퍼스타Z에 출연을 하게 되고, 슈퍼위크까지 올라가는 영광을 누리지 못했을 것이다.

'시간 날 때 납골당이라도 들러야겠어.'

그를 떠올리고 있으면 풀리지 않은 과제가 하나가 있다.

바로 일취월장, 괄목상대라는 말이 무색할 만큼 껑충 발전한 수의 음악적 역량이다.

'아직도 꿈을 꾸는 기분이야.'

최근에도 경악할 만한 노래 실력에 스스로도 소스라치게 놀랄 때가 한두 번이 아니었다.

평생 들어본 적이 없는 노래의 가사 말과 멜로디가 떠오르고, 코드를 연주하고 있으면 귀신에 홀린 게 아닌지 얼떨떨할 정도로 손이 자유롭게 움직였다.

"실은 그거 때문에 말씀을 드린 건데, 호스피스 실습하시는 모습을 촬영할까 하는데 괜찮겠죠?"

"병동을요? 하지만……."

수가 난처해하며 말을 흐렸다.

호스피스 병동에는 시한부 선고를 받은 환자들이 입원해 있다.

수는 죽음을 목전에 둔 그들의 공포와 체면, 변덕을 피부로 경험했다.

촬영에 호의적으로 동의할지 미지수였다.

"병원 측의 협조 관련에서는 저희가 조율을 할게요. 이수 씨는 동의만 해주시면 됩니다. 아셨죠?"

"……."

수는 묵묵히 고개를 끄덕였다.

## *2*

제작진은 속전속결로 움직였다.

차량에 수를 태우고는 곧장 성모병원으로 이동했다.

호스피스 병동 입구에 이르자 곧 도착한단 연락을 받았는지 황은옥부터 과장 등이 미리 나와서 기다리고 있었다.

"병동을 책임지고 있는 박재한 과장입니다."

"슈퍼스타Z의 연출을 맡고 있는 강성중입니다. 촬영을 허락해 주셔서 감사합니다."

"뭘요, 호스피스에 대해 더 잘 알려질 기회이니 저희로서도 마다할 이유가 없는 걸요."

마치 입을 맞춘 듯 착착 떨어지는 대화를 들으며 수는 이미 이야기가 끝났단 사실을 깨달았다.

"서서 이러지 마시고, 들어가시죠."

박 과장은 손수 손짓을 하면서 제작진과 수를 병동으로 안내했다.

과장실로 자리를 옮겨 이런저런 얘기가 오갔다. 대부분이 촬영에 관한 얘기였는데, 환자의 신상에 대한 것과 허용 범위 등을 논했다.

"그 정도면 충분합니다."

합의를 도출하자 곧장 촬영에 돌입했다.

이렇게 빨리 진행을 하나 싶어 수가 당황을 했는데, 차후 촬영 스케줄 일정이 잡혀 따로 시간을 빼기 어렵다고 했다.

"뭘 어떻게 하면 되죠?"

"아까도 말했지만 자연스러운 게 최고예요. 평소 하던 대로 하시면 돼요."

"평소대로요? 절대 촬영 분량 못 채울 텐데."

수는 다른 여타의 호스피스 실습생들과 조금 달랐다.

전임 환자였던 김강진은 수를 주구장창 동전노래방으로 끌고 가 온종일 묶어뒀다.

현재 보살피고 있는 강민수와는 말조차 섞지 않고 옆자리만 지키고 앉아 있었다. 종종 바둑을 두긴 했지만 두어 판이 다다.

이런 진실을 안다면 제작진도 당황할 게 뻔하다.

"네? 뭐라고 하셨어요?"

"아, 아뇨. 혼잣말이이니까 신경 쓰지 마세요."

그때 잠자코 있던 박 과장이 환자 리스트를 뒤척이며 말했다.

"708호 환자 분한테 촬영 동의 받았으니 그쪽에서 하시면 됩니다."

수의 예상대로 박 과장은 다른 환자를 배정해 줬다. 강민수가 촬영에 동의하지 않을 거란 걸 박 과장도 잘 알고 있는 까닭이다.

결국 수는 생판 모르는 708호 할머니 환자분을 돌봤다.

최대한 자연스럽게 시트를 다시 깔고, 빨랫감을 치웠다. 호스피스라면 자연스러운 일이었지만 억지로 하려니 수는 맞지 않은 옷을 입은 듯 답답했다.

'방송이 다 이러나? 내가 배우도 아니고, 연기를 하고 있으니 원.'

수는 기분이 썩 좋지 않았다.

촬영이라곤 하지만 광대가 된 것 같은 인상을 지우지 못했다.

호스피스의 돌봄보다는 잡일을 하는 동안 몇 가지 질문과 관련한 인터뷰를 끝으로 한 시간 남짓한 모든 촬영이 끝났다.

"오케이. 수고했어요. 슈퍼위크 때 기대할게요."

"네, 조심히 들어가세요."

수는 작별을 고하고 가버리는 제작진을 배웅했다.

크게 한 일도 없는데 몸이 기진맥진하다.

촬영이라고 해서 크게 긴장을 하고, 평소 하지도 않던 연기를 쥐어짜느라 녹초가 된 것 같았다.

마음 같아선 집에 가 좀 쉬고 싶었지만, 곧 있으면 출근이다. 집에 들렀다가 다시 나오기에는 시간이 애매했다.

수는 강민수를 떠올렸다.

"온 김에 아저씨나 보고 갈까?"

*3*

"알아봤어?"

차량을 타고 이동을 하던 강성중 연출이 뒷자리에 앉아 있는 미숙에게 물었다.

"대박! 선배, 이거 들으면 완전 까무라칠 걸요?"

"뭔데?"

"쌍팔년도 가수왕 김강진이라고 알아요?"

강성중 연출은 잠시 그 이름을 떠올리며 되뇌어봤다.

마흔에 육박한 그에겐 낯선 이름이 아니었다. 한 시대를 풍미했던 가수였으니까.

"알지. 마약 복용에 폭행 등 갖은 사건 사고는 다 치다가 훅 갔지. 요새는 뭐하고 산다니?"

"죽었대요."

"뭐?"

강성중 연출이 깜짝 놀라 반문했다.

아무리 망가졌다고 해도, 그의 나이가 한참이다. 재기는 어렵더라도 뭐라도 하고 살 줄 알았는데 죽었을 줄이야.

“뭐, 워낙 막 살았으니까. 딱하긴 하네.”

동정 어린 말과 달리 목소리에서는 아무런 감정도 느껴지지 않는다. 그저 형식적인 말이 다였다.

“그게 중요한 게 아니에요! 김강진이 죽은 곳이 바로 우리가 나온 호스피스 병동이란 거죠.”

“여기? 정말로?”

“네, 그것도 불과 한 달 전쯤에요.”

“음…….”

강성중 연출은 엄지와 검지로 턱을 매만졌다. 깊게 생각에 잠겼을 때 나오는 버릇이다.

“뭔가 있는 거 같은데…….”

분명 촉이 온다.

잘만 엮으면 대박이 될 거 같은데, 아직까진 단서가 부족하다.

미숙은 그러한 고민을 덜어주고자 뜸을 들이고 밝히지 않았던 진실을 털어놓았다.

“놀라지 마요. 김강진 씨가 죽을 당시, 이수 씨가 실습으로 담당 호스피스였대요.”

“그 말 진짜야?”

강성중 연출이 흥분을 감추지 못하고 등을 돌려서 재차 확인했다.

"네, 간호사들한테도 직접 확인했단 거 아닙니까."

미숙이 엄지를 치켜세웠다. 다른 누구도 아닌, 스스로가 밝혀냈다는 것에 대한 자부심이다.

"그러면 3차 예선 등록을 한 환자가 쌍팔년도 가수왕 김강진?"

"빙고! 딱 맞아떨어지죠?"

강성중 연출의 손에 힘이 들어갔다. 꽉 말아 쥔 주먹이 그가 느끼는 성공에 대한 확신이었다.

"후회가 많은 가수왕의 직계제자, 잘만 엮어서 박정수하고 붙이면…… 느낌이 팍팍 오는데?"

"그죠? 잘만 터뜨리면, 시청률 10% 돌파도 꿈이 아니에요."

미숙도 촉이 온 듯 자신만만한 표정을 지었다.

*4*

"안녕하세요?"

수가 701호 병실을 찾았다.

촬영이다 뭐다 밖에 제법 소란스러웠음에도 701호만은 빗겨 간 듯 조용했다.

수가 커튼을 등지고 돌자 강민수가 침상에 기대어 앉아 있었다.

"치! 인사는 좀 받아줘요."

"왔냐?"

내기에 진 까닭인지 강민수는 내키지 않았지만 인사를 받아줬다.

그것만으로도 수는 가까워진 것 같아 기분이 좋았다.

"뭐하고 계셨어요?"

"독서."

"점심은 드셨고요?"

"어."

"……."

수가 질문을 던지면 단답으로 대답이 온다. 말은 오가고 있지만 대화의 방향은 일방향이다.

"제 얘기 들었어요?"

"아니."

"저 슈퍼스타Z라는 오디션 본선에 진출했어요. 그거 때문에 촬영차 제작진이 병동에 들렀고요."

"……."

강민수는 대답을 하지 않고 책장을 넘겼다.

듣는지 마는지 알 수 없었지만 수는 아랑곳 않고 떠들었다.

"내 일인데 뭐가 뭔지 잘 모르겠어요. 믿을지 모르겠지만 저 불과 얼마 전까지만 해도 노래 진짜 못했어요. 음치에, 박치에…… 아우!"

말을 하는 수도 그때를 떠올리면 기가 찼는지 몸서리쳤다.

"그러다가 김강진 아저씨를 만났죠. 아실지 모르겠지만, 전직 가수왕이시잖아요? 호되게 혼나면서 노래 배웠어요."

"……."

"아저씨, 기적 알아요?"

"기적?"

별로 관심 없어 하던 강민수가 고개를 들었다.

수는 기다렸다는 듯이 그와 눈을 맞추고는 차분하게 말을 이었다.

"내가 갑자기 변했어요. 단순히 노래 실력이 는 게 아니에요. 악보를 볼 줄 알게 되고, 처음 쳐보는 기타로 연주를 하고, 가수 빰치게 노래를 불렀어요. 못 믿으시겠죠?"

"……."

강민수는 대답이 없다.

솔직히 말하면 믿을 구석이 없는 얘기다.

그런데도 잠자코 듣고 있는 건 저 허황된 얘기가 감정을 움직이고 있기 때문이다.

주문을 외우 듯 읊조리던 수가 아차 싶었다.

"아! 내가 너무 내 얘기만 떠들어댔네. 뭐, 그래요."

"그 얘길 왜 나한테 하는 거냐?"

이제까지 강민수가 했던 말 중 가장 긴 질문이다.

그만큼 이런 얘길 떠드는 수의 속내가 그는 납득이 가지 않았다.

"이유요? 없어요."

"없다고?"

"네, 굳이 이유를 찾자면 그냥? 말도 안 되나. 근데 진짜예요. 아저씨한텐 그냥 말하고 싶었어요."

"……."

"나 뭔 말하니…… 저 갈게요. 다음 주에 봬요."

수는 괜히 어색해진 걸 느끼곤 꾸벅 인사를 하고 병실을 나섰다.

막 떠들어대던 수가 가고 나니 701호 병실엔 다시 정적이 찾아왔다.

이 고요함이 너무도 익숙했던 강민수였지만, 오늘따라 싫게 느껴졌다.

"자네 말대로…… 특이한 애야."

강민수의 시선은 이젠 다른 시한부 환자가 사용하는 침상에 향해 있었다.

추억에 잠긴 그의 눈길에 저 침상은 아직까지도 김강진의 것이었다.

## 5

"저 다녀올게요."

수는 여행용 캐리어를 세워두고 현관에서 신발을 신고 있었다.

"정말 안 데려다줘도 되겠니?"

아버지가 걱정스럽게 말했지만 수는 웃으며 고개를 저었다.

"지하철 타면 한 번에 가는데요, 뭘. 걱정 마세요."

"잘하고 와. 기죽지 말고."

엄마는 어깨를 두드리며 수를 격려했다.

"형, 잘해."

"오냐. 꼭 생방송에 진출하마. 진짜 갈 테니까, 번거롭게 나오지 마세요!"

수는 자신만만하게 작별 인사를 건네곤 여행용 캐리어를 끌고 집을 나섰다.

'드디어 시작이구나.'

오늘부터 슈퍼위크를 치르기 위한 3박 4일의 일정이 시작된다. 전국에서 1차 예선을 통과한 약 백 명의 참가자가 모여 자웅을 겨루게 된 것이다.

‘할 수 있는 데까지 최선을 다해보자.’

결심을 굳힌 수가 지하철을 타고 케이블 방송국으로 향했다.

근처에 도착하자 캐리어를 끈 참가자들이 속속들이 도착하는 모습이 보였다.

각 지역예선을 뚫고 슈퍼위크에 참가한 것만으로도 저들의 실력은 진짜다. 그렇기에 더욱 긴장의 끈을 놓을 수가 없었다.

“어?”

그때 저 앞에서 고개를 푹 숙이고 걸어가는 낯익은 여자가 보였다.

1차 예선 당시 긴장을 하면 탈이 난다며 화장실을 왕래하던 그 참가자다. 이름이 아마 안소연이었던 걸로 기억이 난다.

“그 와중에 합격했다고?”

그날 본 안소연의 상태는 심각했다. 말까지 더듬을 만큼 긴장감이 고조되어서 막상 노래를 부를 수 있을지 의문이 들 정도였다.

그런 우려를 깨고 안소연은 슈퍼위크에 참가했다.

긴장과는 별개로 빼어난 실력을 지니고 있단 반증이기도 했다.

"저기요, 우리 구면이죠?"

수가 옆으로 붙어 친근하게 아는 척을 했다.

"네? 아…… 안녕하세요."

빤히 수를 보던 안소연이 수를 상기해 내곤 인사를 받았다.

"그날 너무 긴장하셔서 걱정했는데, 붙으셨네요?"

"운이 좋았어요."

"저도 운 빨인데, 운 좋은 우리 통성명이나 하죠. 저 이수라고 해요. 안소연 씨 맞죠?"

"제 이름을 어떻게 아세요?"

"제가 실은 그쪽을 마음에 두고 있어요."

"네? 저, 절요?"

안소연이 너무 당황스러워하자 덩달아 수까지 당혹스러웠다.

"장난이에요, 장난. 그때 예선장 들어갈 때 들었어요. 머리에 콕 박히던데요."

"아, 난 또……."

편하게 대화를 이끌어가려던 수와 달리 안소연은 대화가 어색한지 고개만 끄덕였다.

'낯을 심하게 가리는 편인가?'

수는 자신이 너무 불편하게 군 게 아닌가 싶어 신경이 쓰였는데 힐끗거리는 안소연의 시선에서 이유가 따로 있음을 알아챘다.

'대체 카메라가 몇 대야? 저러니 부담스러워하지.'

여기까지 오는 내내 두 사람의 대화조차도 놓치지 않겠다는 듯 카메라맨들이 따라붙어서 촬영했다. 일거수일투족을 쫓는 그들에게 적응을 하려고 해도 신경이 쓰이지 않을 수가 없었다.

방송국 홀까지 레드카펫이 쭉 깔려 있었다.

연출인지 뭔지는 알 수 없겠지만, 그것을 밟고 입장하는 기분은 썩 나쁘지 않았다.

수가 지하의 공개홀에 입성했다.

다른 지원자들도 편차를 두고 속속들이 들어와 빈자리를 채웠다.

개중에 수의 기억에 자리 잡고 있는 또 다른 한 명이 눈에 띄었다.

"재도 붙었어?"

수는 실로 의외란 표정을 지었다.

배트맨도 아니고, 안대 비슷한 가면을 쓴 그가 1차 예선을 통과했을 줄은 몰랐던 까닭이다.

"단순히 관심을 끌기 위함은 아니란 건데……."

여기 올라온 사람치고 한가락 하는 실력을 지니지 못한 참가자는 없다.

우연인지 수가 여러 의미로 눈여겨보았던 참가자는 모두 합격한 셈이다.

끼이이익!

참가자들이 들어온 홀의 문이 닫혔다.

동시에 천장의 불도 소등되며 사위가 어두컴컴해졌다.

바로 그때였다.

천장의 라이트가 정면의 무대를 비추자 호쾌한 목소리와 함께 익숙한 사내가 걸어 나왔다.

시즌 1부터 쭉 함께한 슈퍼스타Z의 메인 MC 김정주.

60초 후에 공개한다는 유행어를 만든 장본인으로 정확한 발음과 애를 타게 만드는 멘트로 슈퍼스타Z의 맛을 한껏 살려주는 인재다.

"이 자리에 오신 여러분 환영합니다. 지금 이 순간부터 이 홀을 폐쇄합니다. 왜냐! 슈퍼위크를 시작하겠습니다!"

수는 심장의 박동이 빨라지는 걸 느꼈다.

드디어 시작이다.

# Chapter 2

*1*

“우선 첫 미션부터 말씀드리겠습니다. 이승현 심사위원!”

무대에 선 김정주가 호쾌하게 외치며 등을 돌렸다.

그에게 포커스를 맞춰 쏟아지던 라이트가 꺼지며 영화관 스크린에 이승현 심사위원이 등장했다. 미리 녹화된 영상이다.

“반갑습니다, 슈퍼위크 참가자 여러분. 쟁쟁한 참가자들이 모인만큼 우리 심사위원들은 그들의 다양한 가능성에 대해 파악하고 싶었습니다. 그리하여 준비한 첫 번째 미션, 조별 미션입니다.”

미션 소개 영상이 끝나자 다시 김정주가 마이크를 잡고 설명을 보충했다.

"잠시 후, 4인 1조로 하여 팀을 짜게 됩니다. 각 팀은 회의 끝에 주어진 선곡표 중에서 한 곡을 선택한 후 하루의 말미를 받게 됩니다."

즉, 이런 말이다.

조가 짜이면 선곡을 한다. 그 후에 선곡에 맞춰서 각색 작업을 벌인 뒤, 심사에 오르게 된다.

"단, 여기서 명심하셔야 될 게 있는데요. 이건 조별 미션이지만, 합격자는 조 전원이 아니라는 것에 있습니다."

"……!"

여기저기서 참가자들의 눈이 휘둥그레졌다.

그 말은 조별로 합심을 추구하면서도 내부의 경쟁을 유도한단 뜻으로 해석이 된다.

단, 패배조에선 아무리 훌륭한 실력을 발휘한다고 한들 절대 합격자는 나올 수 없다는 룰이다.

무조건 조별 미션에서 이겨야 하며, 조 내부에서도 빛을 발해야만 생존할 수 있는 지독한 경쟁 구도인 셈이다.

"지금부터 화면에 뜨는 분들이 한 조입니다."

김정주가 스크린을 가리키자 4인 1조로 하는 참가자의 얼굴들이 쭉 떴다.

제작 측에서는 제각각 개성과 조화를 생각하여 짰다고 했는데, 아직 참가자들은 서로의 실력에 대해 잘 알지 못하는 터라 알 수가 없었다.

언제 이름이 뜰까 기다리고 있던 수의 이름 스크린에 등장했다.

"18조! 이수, 어준경, 안소연 그리고 박정수 씨가 한 조 입니다!"

'저 두 사람이랑 한 조?'

수는 의외라는 듯 표정을 지었다.

우연인지 필연인지는 모르지만 같은 서울 지역 출신에 안면이 있는 참가자와 한 조가 된 것이다.

"진짜 인연인가 봐요. 또 한 조네."

"다행이네요, 그나마 같은 조라서."

안소연은 어딘지 모르게 안도하는 기색이 보였다.

천성적으로 긴장을 많이 하는 성격이다 보니 조금이나마 친분이 있는 수와 한 조가 된 것에 몹시 다행이다 싶었다.

"곧 조별로 짐을 풀고 다시 모이게 되겠습니다. 그때까지 여러분은 조의 이름을 지어 와주시면 되겠습니다. 건승을 빕니다!"

*2*

한 조가 된 네 사람이 호텔의 객실에 모였다.

자연스럽게 한 방은 여자인 안소연이 쓰게 됐고, 나머지 한 방에 남자 셋이 묵게 됐다.

주어진 두 시간 동안 거실에서 조 이름을 지음과 더불어 친분을 쌓는 시간을 갖게 됐다.

'여기도 어김없이 카메라맨이 따라 들어오는군.'

수는 그림자처럼 쫓아다니는 카메라를 의식하지 않을 수가 없었다.

"음! 전 안소연이에요. 잘 부탁드려요! 발라드 좋아해요."

서로가 말조차 섞지 않은 어색한 사이였지만, 같은 배를 타게 된 입장에 서니 누가 먼저라 할 것 없이 다가가려고 노력을 했다.

"박정수라고 해요. 사정이 있어서 가면을 쓰고 있으니, 이해해 주세요. 미국에서 경영학을 전공했고, 음악이라면 장르 안 가리고 사랑합니다."

박정수는 이미 서울 2차 예선장에서 안면이 있는 사이였다.

시선은 자연스럽게 초면은 어경준에게 쏠렸다.

"전라도에서 온 어경준이라고 합니다. 아무래도 제가 제일 막내 같은데 말들 편하게 하세요! 나이는 20살이고요. 좋아하는 음악 장르는 R&B이고, 별명은 0.1톤이에요."

"그럴까?"

편안한 분위기 조성을 위해 수가 슬그머니 말을 놓았다.

'준이 때문인가? 친근하게 느껴지네.'

가느다란 목소리와 귀여운 말투에 반해 어경준의 체구는 컸다. 키까지 작은 편이 아니라 더욱 비대하게 느껴졌는데 별명에서도 언급했다시피 몸무게가 100kg이라고 했다.

마지막으로 이수의 차례가 됐다.

"성이 이, 이름은 수라고 합니다."

"외자?"

어경준이 재차 물었다.

"네, 외자예요. 편하게 수라고 불러주면 되겠고, 저도 음악은 잡식이긴 한데…… 주로 8090노래를 즐겨 듣고 부르는 편이에요."

"8090이면 저 태어나기도 전 노래잖아요?"

"스무 살이면…… 그렇겠네. 내가 생긴 거와 달리 애늙은이라서."

그렇게 네 사람은 약속이라도 한 듯이 좋아하는 장르를 언급하며 소개했다.

서로에 대한 음색, 가창력, 특징을 잘 모르는 상황에서 좋은 하모니를 이루기 어렵단 판단에서다.

"소개는 이쯤 하고, 서로에 대해 파악도 해볼 겸 우리 가장 자신 있는 곡으로 한 소절씩 불러볼까요?"

박정수의 제의에 모두가 동의했다.

조별 미션인만큼 장점과 단점을 정확하게 파악해야 편곡의 방향을 확실히 정할 수 있기 때문이다.

네 사람은 일 분 남짓한 시간 동안 색깔을 드러낼 수 있는 곡을 선정하여 부르기로 결정했다.

"소연 씨, 먼저 부탁드려요."

첫 번째는 안소연이다.

"아아."

목을 다듬은 그녀가 부른 곡은 박정현의 꿈에다.

대한민국 여자 가수 중 가창력이라면 둘째가라면 서러운 박정현의 대표곡으로 폭발적인 고음과 기교가 돋보이는 곡이다.

'소리가 맑아. 고음도 막힘이 없고.'

수는 칭찬을 하지 않을 수가 없었다.

마치 옥구슬처럼 깨끗하면서도 시원하게 뻗는 소리가 가슴을 관통하는 기분이다.

"다음은 제가 하겠습니다."

어경준이 자신을 표현한 곡은 랩이다. 비트가 살아 있고, 리듬감이 뛰어난 그는 재치 있게 자신만의 음악을 들려줬다.

'리듬감은 있는데 발성이 좋지 않아.'

수는 어쩌면 어경준과는 오래가지 못할 수도 있단 생각이 들었다. 랩퍼이기 이전에 기본기보다는 기교로 실력을 감추려는 인상을 받아서다.

다음은 수의 차례였다.

"전 변진섭의 너에게로 또다시 부를게요."

이 역시 1989년에 발표 된 곡이다.

하지만 명곡은 결코 잊히지 않는다는 말이 있듯이 노래에 지대한 관심이 있는 조원들에게는 절대 생소한 곡이 아니었다.

수는 후렴 부분만 아주 담담하게 불렀다.

원곡 가수가 탄탄 중고음을 바탕으로 부른 것과 달리 키를 낮춰 사랑하는 여인에게 속삭이듯이 표현을 했다.

"와…… 저 소름 돋았어요."

"저도요, 형. 이 곡이 원래 이렇게 좋았어요?"

어경준은 자연스럽게 형이라고 부르며 감탄했고, 안소연은 팔뚝에 돋은 닭살을 없애려 비벼댔다.

그만큼 수의 노래는 듣기 좋았다. 누군가의 마음을 편안하게 해주는 힘이 잇달까.

"제 차례죠?"

그에 반해 박정수는 자기 노래에 집중을 했다.

그가 선곡한 노래는 영국 가수 Westlife의 My love라는 곡이었다.

'좋은 곡이지. 명곡이기도 하고.'

개인적으로 수도 참 좋아하는 곡이기도 했다.

1999년 데뷔곡으로 웨스트 라이프를 세계적인 그룹으로 자리매김시켜 준 곡으로 유럽 뮤직 어워드를 수상한 명곡이다.

박정수는 미국에서 왔단 걸 증명해 주듯이 유창한 발음을 자랑하며 후렴구를 불렀다.

'잘 부르는데? 의외야. 흠을 잡을 수 없을 만큼 기본기가 잘 잡혀 있어.'

수는 첫 구절을 듣자마자 놀랐다. 안정된 호흡부터 흔들림 없는 음정과 표현까지 어느 것 하나 흠잡을 구석이 없었다.

'이건 배운 노래가 틀림없어. 음정에 한 치의 어긋남이 없는 걸.'

하필 팝송을 선곡하는 바람에 감성의 깊이에 대해 알 수가 없는 게 아쉬웠다.

"형도 진짜 잘 부른다."

"윽! 또 소름 돋았네. 이러다 닭 되는 거 아닌지 모르겠어요."

네 사람은 서로의 색깔과 역량에 대해 어느 정도 인지를 하게 됐다.

발전을 해나가는 시점이라 딱 그것만 잘한다고 보기엔 무리가 따랐지만, 장점을 강점으로 승부수를 띄워야 하는 슈퍼위크에선 최대한 잘할 수 있는 걸 무기로 내세워야 했다.

"그러면 조장을 선출해야 하는데…… 지원하고 싶은 사람 있어요? 기왕이면 싱어송라이터나 능력이 있으면 좋을 것 같은데."

박정수의 말에 서로가 눈치를 보기 시작했다.

조장으로 채택되면 조의 생사를 틀어쥘 만큼 중요한 선택을 해야 한다.

왜냐하면 곡을 선택해야 하기 때문이다.

이건 매우 중요한 요소다.

편곡의 여하에 따라 파트가 정해지다. 같은 조지만 각자 개성 있는 음악적 소양을 어필해야 하기 때문에 공정하고 조원의 특징을 잘 파악할 만한 역량을 필요로 한다.

'해볼까?'

수는 살짝 고민이 되기도 했다.

다른 두 명의 조원은 별로 의사가 없어 보였다.

"헤에, 하고 싶긴 한데 전 너무 어리네요. 형이나 누나들이 하세요."

"전 살 떨려서 조장 같은 거 못할 거 같아요."

수도 마음이 동하긴 했지만 책임도 막중하다. 더 나아가서, 지금 스스로가 지닌 역량으로 감당할 수 있을지 자신이 없었다.

"내 주제는 제가 잘 알아요. 저도 조장감은 아닌 거 같아요."

수까지 끝내 고민을 하다가 고사의 뜻을 밝혔다.

의욕과 욕심은 다른 것이다.

비단 혼자만의 탈락이 아니라, 조 전체를 이끌어야 나가야 하는 일인만큼 체계적인 음악을 배운 박정수가 조장으로 적합하다고 여겼다.

"다들 기권하시고, 저만 남았네요."

박정수가 중얼거리듯 말을 하자 수가 적극적으로 나서서 그를 옹호했다.

"조장은 정수 씨가 하는 게 제격 같아요. 우리 셋 중에는 체계적으로 음악을 배운 사람도 없어서 맡아도 크게 힘을 발휘하지 못할 거예요."

"……!"

어째서인지 수의 말에 박정수의 표정이 오묘하게 변했다.

"어째서 제가 배운 음악이라고 생각하시죠? 전 그런 내색을 보인 적이 없는데."

"네? 아, 실례였다면 죄송해요. 그냥 느낌이 그래서."

거기까지 말을 하자 박정수도 더는 묻지 않았다.

느낌이라는 말만큼 추상적이고 모호한 표현도 없으니까.

그에 반해 수는 오히려 되질문을 해오는 박정수를 의아하게 여겼다.

'별것도 아닌데 날카롭게 구네. 음정을 짚어내는 것부터 철저하게 교정받고 배운 게 틀림없는 솜씨인데. 말 안 했다고 티가 안 나나.'

그렇게 해서 조장 선출은 박정수로 귀결되었다.

"부족하지만 조장으로서 책임을 다해볼게요. 꼭 이겨봅시다."

"자, 형 누나들! 모인 것도 인연이니까, 우리 잘해봅시다. 파이팅!"

어경준이 하나의 조가 된 기념으로 모두 손을 모아서 기운차게 외쳤다.

그렇게 네 사람은 조 이름을 정했다.

기브 업(Give up)!

끝까지 포기하지 말고 도전하여 생방송에 도전하자는 취지에서 지었다.

*3*

"조 이름은 다 정하셨습니까? 그러면 지금 이 순간부터 여러 분의 생사를 갈라놓을 곡을 선택하기로 하겠습니다."

다시 홀에 모인 슈퍼위크 참가자들이 MC 김정주의 말에 귀를 기울였다.

앞으로의 당락과 미션에 대한 정보를 하나도 놓치지 않겠다는 듯 눈을 빛내고 있었다.

"조장 분들은 모두 앞으로 나와주십시오!"

정확하게 백 명의 참가자를 4명씩 조로 묶은 까닭에 25명의 조장이 앞으로 나서서 일렬로 섰다.

"지금부터 제가 번호를 뽑겠습니다. 공에 쓰인 번호의 조부터 미리 선곡을 할 수 있는 기회를 드리겠습니다. 단, 선곡을 고를 수 있는 시간은 1분입니다."

즉, 이런 방식이다.

MC 김정주의 앞에 놓인 박스에 손을 넣어 공을 꺼낸다. 공에 적힌 숫자의 조장이 나와서 100곡의 리스트 중 한 곡을 일분 안에 선택해야 한다.

박스에 들어갔던 김정주의 손에 공 하나가 집어져 나왔다.

"14조! 스크린을 보고 선택해 주시길 바랍니다. 시작!"

말이 떨어지기가 무섭게 선곡표가 쭉 뜨며, 그 위로 60초 카운트다운이 빠르게 떨어지기 시작했다.

맨 처음 호명을 당해 앞으로 나선 14조 조장은 정신없이 눈동자를 굴리며 뭐가 최선의 곡인지 찾기 위해 부단히 애를 썼다.

'골 때리는 시스템이네. 팝송부터 8090노래까지 죄다 섞여 있는 것도 머리 아픈데, 조원들 특색까지 고려하려면 쉽지가 않아.'

수는 제작진의 미션 선택 방식에 잔인함을 느꼈다.

오디션 프로그램은 경쟁을 추구하며, 그 과정을 통해서 희비가 엇갈린다.

지금과 같은 미션도 극과 극의 상황을 강요하고, 팀원들 간의 화합과 불화를 조장한다.

'시간에 쫓겨서 한 곡을 선택했다고 치자. 조장은 아는 곡이지만 조원들이 모른다면? 문제가 될 거야. 조별 미션은 내일 치르니까.'

노래를 알고 모르고 차이는 매우 크다고 봐도 무관하다.

만약 잘 알지 못하는 멜로디와 가사를 숙지하고, 편곡까지 해야 한다면 자연스럽게 노래 자체에 할애할 시간이 부족해지게 마련이다.

"잘해야 할 텐데……."

안소연은 양손을 꼭 모으고 기도하다시피 쳐다보고 있었다.

"긴장돼요?"

"네, 제가 아는 노래가 많이 없는 편이라서요."

"정수 씨가 잘할 거예요. 믿고 기다려 봅시다."

수는 좋은 말로 안소연을 격려했다.

그 역시 걱정이 되지 않는 건 아니다. 조별 미션의 당락의 여부를 가릴 중요한 선곡인데 신경이 안 쓰일 리가 있겠나.

단지, 믿지 않았다면 모를까 믿고 맡겼다면 끝까지 믿어야 한다고 생각했다.

'주사위는 던져졌어.'

전적으로 박정수의 선택을 믿는 게 최선이다.

"다음은 18조입니다!"

드디어 호명되자 박정수가 한 발 앞으로 나섰다.

덩달아 뒤에서 지켜보고 있는 세 사람도 긴장을 한 듯 조마조마해졌다.

"카운트다운 스타트!"

MC 김정주의 외침과 동시에 순서가 뒤죽박죽 섞인 선곡 목록표가 쭉 떴다.

뒤에 고를 조장들이 앞쪽 사람의 선곡을 보고 미리 대비할 것을 생각한 제작진의 안배다. 일종의 공정성을 위한 장치랄까.

"……."

박정수는 차분하게 손가락을 쭉 내리며 선곡 목록을 살

꿨다.

60초 안에 선택을 하면 된다는 룰처럼 그는 급한 마음 없이 시간을 꽉 채워서 활용했다.

"자, 시간이 종료됐습니다. 18조를 좌지우지할 선곡은……."

"49번, 나 항상 그대를 하겠습니다."

"좋습니다!"

그리 결정을 내린 박정수가 한 발 뒤로 물러섰다. 동시에 슬쩍 고개를 돌려 돌아봤다.

수와 안소연은 엄지를 치켜세우면서 그의 선택을 옹호했다.

"다행이에요, 제가 아는 노래라서."

"워낙 좋은 곡이라 다행이긴 한데, 한편으로는 걱정도 되네요."

"왜요?"

"명곡일수록 기대 심리가 있거든요."

수는 걱정 반, 기대 반이 되었다.

혼자라면 어떤 식으로든 자기만의 색채로 바꿔 부를 자신이 있었다.

'나 혼자선 의미가 없어. 네 사람이 하나의 하모니를 이뤄야만 해.'

쉽지 않은 게임이 될 거라 생각이 들 때였다.

잠자코 있던 어경준이 한숨을 내쉬었다.

"왜 그래? 모르는 노래야?"

"아뇨. 알긴 아는데…… 제 장기인 랩을 부를 수 있을까 걱정돼서요. 워낙 오래된 곡이잖아요."

어경준의 입장에서는 충분히 걱정이 될 법한 얘기다.

랩이 주 장기이고, 리듬을 타는 데 특화된 어경준의 입장에선 좀 더 글루브한 곡이면 어땠을까 하는 아쉬움이 남았다.

수가 그런 어경준의 어깨를 두드려 줬다.

수는 남동생 준과 함께 성장했기에 어경준이 남 같지 않게 느껴졌다.

"걱정 마. 네 장기를 살려주는 쪽으로 편곡을 하면 돼."

"네……."

위로와 달리 어경준은 근심이 가시질 않은 듯 목소리에 힘이 없었다.

수도 어깨를 토닥여 줄 뿐 더 말을 하지 않았다. 어차피 한 배를 탄 격이고, 지금 어떤 말을 하기보단 편곡으로 보여주는 게 최선이라고 생각했다.

그로부터 얼마 뒤, 모든 조의 선곡이 결정됐다.

MC 김정주는 정리와 더불어 앞으로의 일정에 대해 통보했다.

"다들 수고하셨습니다! 지금부터 여러분께 주어진 시간은 모두 평등합니다. 자유롭게 시간을 활용하되 내일 10시까지 모든 준비를 마치시면 됩니다. 버겁거나 도움을 원하신다면, 제작진이 준비한 초호화 트레이너들이 여러분을 도울 겁니다. 건투를 빕니다!"

그 말이 끝나기가 무섭게 김정주는 무대를 내려갔다.

동시에 정면을 보고 있던 조장들이 몸을 돌려 삼삼오모 조원들과 모여 선곡과 편곡의 방향을 두고 의견을 타진하기 시작했다.

개중에는 최고의 선곡이었다며 박수를 치는 조원도 있었지만 시작부터 못마땅한 기색을 보이는 조도 분명히 있었다.

"저 이거 모르는 곡인데……."

"편곡이 쉽지 않은 곡이에요. 차라리 딴 곡을 해 오시지."

여러 사람이 모인만큼 의견이 하나로 합일되기 어려운 건 당연지사다.

슬기롭게 선출한 조장이지만, 자신에게 최선의 선곡이 아니란 걸 알고 불만을 터뜨리는 조원들도 분명히 있었다.

'딴 데 신경 쓰지 말자. 우리가 잘해서 올라가면 돼.'

수는 경쟁하기에 앞서서 최선의 결과, 최고의 결과를 우선시 했다.

"굿 초이스!"

가까워져 온 박정수를 향해 수가 박수를 치면서 환대했다.

박정수가 어렵게 입을 뗐다.

“이 곡이 편곡을 하면 우리 네 사람의 장점을 가장 잘 발휘해 줄 것 같았어요.”

“잘하셨어요.”

안소연까지 나서서 거들었지만 어경준의 표정은 좀처럼 펴지질 않았다.

불만이 보이긴 했지만 세 사람은 그대로 두었다. 어떤 말로 설득을 하기보단 더 나은 편곡으로 보여주는 게 낫단 생각에서다.

“곡도 결정되었겠다, 우리 밥부터 먹을까요?”

수의 말에 세 사람이 얼떨떨한 표정을 짓다가 이내 끄덕였다.

내일까지 주어진 시간 안에서 최선의 무대를 만드는 것이 목표다.

꼬박 날을 새며 준비를 해야 할 것이니, 든든하게 끼니를 먹으며 컨디션 관리를 하는 것도 편곡 이상으로 중요했다.

“그러자고요!”

네 사람은 만장일치 동의하에 지하 식당으로 향했다.

# Chapter 3

*1*

네 사람은 식사를 마치고 자리를 옮겼다.

조별로 방이 주어진 게 아니라 커다란 홀 안에서 자유분방하게 편곡 작업을 거쳐야 하는 방식이었다.

아무래도 전문 트레이너들이 조들을 왕래하면서 조언을 하고 도움을 줘야 하는 입장이다 보니 한 공간에 몰아넣은 듯싶었다.

"편곡을 세련되게 갔으면 해요. 전자음을 넣진 못하니, 경준이 랩을 중간에 삽입하되…… 남녀의 관점에서 해석을 하면 좋겠어요."

"정수 씨 말은 남녀가 보고 싶어도 볼 수 없어 그리워하는 느낌인 거죠?"

"예스! 정확해요. 소연 씨가 있으니까 그런 컨셉도 나쁘지 않을 거 같아요."

수와 박정수가 나누는 대화를 듣고 있던 안소연이 이어지는 방향에 끼어들었다.

"그리되면 두 분이 겹치지 않아요?"

"그거야 뭐…… 후렴 파트를 맡거나, 비중을 좀 늘리는 방향으로 가면 돼서 크게 문제될 건 없어요."

수도 동의한다는 듯 고개를 끄덕였다.

아무래도 이건 민감할 수밖에 없는 사항이다.

노래의 하이라이트라고 말할 수 있는 부분이 바로 후렴이다.

후렴이야말로 가장 자기 색깔과 가창력을 잘 보여줄 수 있는 대목이다.

박정수도 그 부분을 염려했는지 제의했다.

"후렴구를 두 번 가죠."

"예를 들면?"

"이런 거예요. 1절을 파트별로 완창 후에 경준이 랩을 넣고, 화음을 살려서 하모니로 우리 세 사람이 후렴을 부르는 거죠."

수와 안소연은 편곡 방향에 대해서 딱히 의의를 제의하지 않았다.

'방향도 중요하지만, 핵심은 호흡이지.'

편곡을 하는 건 빠르면 빠를수록 좋다.

시간적으로 촉박한데 더 나은 발상을 찾아 시간을 할애하다 보면 정작 호흡을 맞춰 노래를 불러볼 시간이 턱없이 부족해진다.

"경준아, 넌 자작랩인데 가능하지?"

수가 고개를 돌려서 묻자, 쭈그리고 앉아 있던 어경준이 고개를 끄덕였다.

"그거야 껌이긴 한데…… 곡에 어울릴까요?"

"걱정 마. 혼자 튀지 않게 비트 넣고 하면 네가 톡톡 튀어서 돋보일 수 있어."

수는 걱정 반, 불만 반이 쌓인 어경준을 어르고 달랬다.

합의점을 도출하고 나니 이젠 세세한 작업에 돌입할 차례였다.

원곡의 틀을 무너뜨리지 않는 선에서 트렌디한 느낌이 강한 현대 가요를 적절히 믹스를 하는 데 초점을 두고 접근했다.

"거기서 좀 더 쫘주는 느낌이 어때요?"

"경준아, 랩할 때 가사가 안 들려. 또박또박 말해."

"수 씨, 다 좋은데 포인트가 없어요. 귀에 잘 안 들어와."

박정수는 자신의 기대에 미치지 못하거나, 추구하는 색깔과 어긋남이 느껴지면 재차 지적을 했다.

예리한 지적에 납득가는 부분도 있었지만, 독선적으로 느껴지는 조언도 분명히 있었다.

'어째 자기 스타일을 강요하는 느낌인데?'

수는 시간이 지날수록 조별 미션의 어려움을 느꼈다.

그건 곡에 대한 의견 차이도 있었지만, 바로 인간에 대한 불편함이다.

말은 하지 않고 있었지만 안소연과 어경준의 표정은 밝지 못했다.

시간을 보니 벌써 밤 열두 시가 넘어가고 있었다.

시간이 촉박해지니 쫓기는 느낌이 들고 생각만큼 노래가 잘되지 않으니 초조해져 가고 있었다.

"잠깐만요! 우리 잠시 쉬었다 가죠."

수가 제동을 걸고 나섰다.

이대로 가다간 서로 마음이 상할 수도 있단 판단이 들었다.

"그러죠. 다들 지친 거 같으니 오 분만 쉬어요."

"아뇨. 조금 더 쉬죠."

박정수의 말에 수는 단호히 고개를 저었다.

"더요? 연습할 시간도 부족해요 지금."

"그보단 컨디션이 우선입니다. 이러다가 목이 먼저 망가져요."

"하지만!"

"정수 씨, 급한 마음은 알겠지만 그럴수록 느긋하게 가야 해요."

"……."

수가 좋은 말로 설득을 하고 있는 동안에도 카메라맨들이 달라붙어 촬영을 하고 있었다.

문득 이러한 얘기들이 방송에서 어떻게 비칠지 궁금해졌다.

슈퍼스타Z 하면 따라붙는 수식어가 악마의 편집이란 말이 있듯이, 전혀 다른 형태로 비칠 수가 있는 까닭이다.

"하아, 할 수 없죠. 쉽시다."

박정수는 탐탁지 않은 듯 마지못해 수락을 했다.

이대로 안에 있어봐야 더 답답해질 수도 있는 법, 수는 가장 힘들어 하고 있는 안소연을 데리고 잠시 밖으로 나왔다.

"버티기 힘들죠?"

"네, 조금요."

안소연은 옅게 웃는 만큼 더 고달파 보였다.

그럴 수밖에 없는 것이 밤새 작업을 하고 맞춰봐야 하는 일이다 보니 체력적으로 힘에 부쳤다.

또 박정수의 요구 사항도 계속되어 그걸 수용하기도 벅차 보였다.

두 사람이 잠시 바람을 쐬며 얘기를 나누는 사이 카메라맨이 따라붙었다.

앵글이 향하자 안소연의 얼굴이 딱딱하게 굳었다.

부담으로 다가온 것이다.

더 경악스러운 건 작가로 보이는 여자가 던지는 질문이었다.

"박정수 씨랑 잘 안 맞는 거 같네요?"

"네? 아, 아뇨. 그냥 좀 힘에 부쳐서……."

"아까 보니 박정수 씨가 독선적인 면이 있으신 것 같더라고요. 그 부분 때문에 그러시죠?"

"그게…… 그러니까……."

계속되는 유도 질문에 안소연이 난처한 표정을 지었다.

그걸 지켜보던 수는 인상을 팍 썼다.

'저걸 질문이라고 물어보는 꼬락서니하곤.'

이러고 녹화를 진행한 뒤 편집하여 방송에 송출할 때엔 질문과 관련된 내용은 몽땅 삭제가 될 게 뻔했다.

즉, 안 좋은 쪽으로 몰아가서 답을 유도하고 그걸 안소연의 심적 상태를 대변하는 것처럼 그냥 내보낼 게 뻔했다.

곤란해하는 안소연을 그냥 두지 못하고 수가 껴들어서 시선을 끌었다.

"소연 씨, 절 따라해 봐요. 숨을 크게 마시고, 뱉고. 또 마시고 뱉고……."

별로 특별할 것도 없는 심호흡이다. 그러나 이것만큼 흐트러진 마음을 안정시키는 방법도 없기도 했다.

"진정이 좀 돼요?"

"조금 낫네요."

한결 수그러진 안소연의 표정에 질문을 던지던 작가의 인상이 찡그려졌다.

촬영 분량을 뽑을 기회를 놓친 것에 대해 짜증이 난 것이다.

"나 진짜 궁금했는데 소연 씨는 슈퍼스타에 왜 지원했어요?"

"저요?"

반문을 하던 안소연이 차분하게 대답했다.

"노래가 부르고 싶었어요. 그게 다예요."

"전 저도 모르게 나오게 됐어요."

"모르게요? 그게 가능해요?"

"그럼요. 전 소연 씨랑 정반대예요."

"네?"

안소연이 말뜻을 알아듣지 못한 듯 반문했다.

카메라 전원은 계속 켜져 있었는데 수는 아랑곳 않고 말을 이었다.

"여기 나와 보니 노래가 좋아졌어요."

"그전에는 그러면……."

"그냥 그랬어요."

"……."

"진짜 좋아하면 힘든 것도 즐겁더라고요. 나만 그런 건가?"

수는 웃으며 말을 마쳤다. 그리곤 미리 홀에서 가져온 기타를 다리 위에 얹고 줄을 튕겼다.

잔잔한 선율이다.

도시의 소음이 가시고, 정적 너머로 들려오는 기타의 울림에 마음의 진동이 가라앉는다.

뉴에이지 선구자 이루마의 kiss the rain이란 곡이다.

본디 피아노로 연주하는 곡인지라, 쉽지 않은 기타 주법을 요구하는 고난이도의 곡이다.

하나 수는 연주 그 자체에 심취해 연주했다.

"아!"

기타 선율을 통해 흐르는 호수를 마주하고 서 있는 듯한 평온함에 작가의 입이 열리며 감탄이 터졌다.

심신의 피로를 잠시나마 잊게 해주는 음색에 작가도 매료

되어 갔다.

그녀 역시 먹고살기 위해 애를 쓰고 있지만, 나름대로의 고충이 있었다.

방송의 제작이 주는 한계와 고단함에 지칠 대로 지쳐 있던 것이다.

안소연은 그보다 더 감동을 받았다.

'이런 연주 처음이야. 마음이 정화되는 거 같아.'

또 듣고 싶다.

아니, 이 곡이 끝나지 않고 언제까지라도 이어지길 바라는 심정이 되었다. 언제까지라도 듣고 싶은 마음이 들었다.

디딩.

고요하게 울려 퍼지는 기타 음을 끝으로 곡이 끝났다.

안소연은 감동의 여운보다 더 진하게 밀려오는 아쉬움이 크게 느껴진 건 처음이었다.

"진정이 좀 돼요?"

"많이요."

'나랑 비슷한 또래인데…… 감성을 움직이는 힘이 있어.'

감탄을 금치 못하긴 했지만, 한편으로는 이런 생각도 들었다.

'다음 미션에 진출하더라도 수 씨 하고는 절대 붙고 싶지 않아. 진심이야.'

지금은 한 배를 타고 있다지만 궁극적으로 슈퍼스타Z는 경쟁이 불가피하다.

어쩔 수 없이 맞붙게 된다면 모를까, 그전까진 꼭 피하고 싶었다.

그건 안소연이 음악적으로 수에게 감화된 까닭이다.

"이제 기분 전환도 했으니까 들어가요."

"네!"

모처럼 안소연이 힘차게 대꾸했다.

두 사람은 다시 무대를 만들기 위해 홀로 향했다.

"방금 거 다 촬영하셨죠?"

그림자마냥 남겨진 작가는 멀찌감치 두 사람이 사라지자 카메라맨에게 물었다.

"어, 했지."

"선배, 저 결심했어요."

"뭘?"

뭔가 단호한 눈길을 한 작가가 두 사람이 사라진 출입구를 바라보면서 얘기했다.

"오늘부터 이수 씨 팬 할래요."

*2*

"많이 늦었죠? 죄송해요. 신경을 썼는지 장이 트러블을 일으켰네."

수는 머쓱하게 머리를 긁으면서 핑계를 댔다.

분명 힘들어 하고 지친 안소연 때문에 시간을 할애한 것임에도 본인의 탓마냥 그렇게 얘기했다.

얼떨떨해하는 안소연에게 수는 가볍게 오른쪽 눈을 감았다 뜨며 윙크했다.

그러한 배려에 안소연도 미소를 띠며 의욕적으로 말했다.

"다시 한 번 맞춰봐요!"

다시금 각오를 다진 네 사람은 이 밤이 가도록 모든 걸 쏟아냈다.

새벽 한 시, 두 시…… 급기야 새벽 네 시까지도 끝이 나지 않았다.

그건 다른 조도 매한가지였다.

주어진 시간은 짧고 탈락자는 정해져 있다.

무한 경쟁의 시간에서 잠을 줄이더라도 후회가 남지 않는 승부를 펼치고자 악착같이 붙잡고 늘어졌다.

"우린 눈 좀 붙이죠."

결국 제법 하모니를 이뤘다 싶자 수가 휴식을 취할 걸 제안했다.

"쉬자고요?"

박정수가 그게 무슨 말이냐는 듯 반문했다.

연습할 시간도 촉박한데 그럴 시간이 어디 있냐는 투다.

"더 해봐야 효율만 떨어져요. 그러다가 컨디션이라도 악화되면 정작 무대에서는 실수 연발 할 수도 있어요. 보세요, 저런 상황에서 연습도 안 돼요."

이미 어경준과 안소연은 지칠 대로 지쳐 있었다.

발성을 한다는 것 자체가 힘이 드는 일이었다.

하루 종일 긴장을 하고 있었떤 까닭에 급속도로 피로가 밀려온 것이다.

"하아."

박정수는 한숨을 내쉬었다.

만족스러울 만큼 수준이 올라오지 못했는데 쉬어야 한다고 하니 답답할 따름이다.

"네 시간만 자도록 하죠. 그러고 씻고 다시 맞춰보도록 해요."

수의 제안에 어경준과 안소연이 눈치를 봤다.

차마 꺼내지 못했던 말을 해준 수에 대한 고마움은 물론 당연했다.

하지만 한편으로는 의욕적인 박정수와 더 같이 연습을 하지 못하니 피해를 주게 될까 갈등되는 것이다.

"할 수 없죠. 딱 네 시간만 쉬는 겁니다."

결정을 내리자 네 사람은 지체없이 호텔로 향했다.

중도에 카메라맨과 작가가 붙어서 준비가 끝났냐며 묻기도 했다.

수는 여유롭게 쉬고 나서 다시 할 생각이라고 대답하곤 객실로 들어갔다.

안소연은 씻지도 않고 방으로 들어가더니 곯아떨어졌다.

어경준도 밀려오는 잠을 이기지 못하고 침대에 털썩 쓰러져 버렸다.

그러자 거실 소파에는 수와 박정수 단둘만이 남게 되었다.

"안 쉬세요?"

"전 좀 더 고민을 해볼게요. 가서 쉬어요."

"……."

고집을 피우고 미련하게 잡고 늘어지는 모습을 수는 빤히 바라보다가 옆에 앉았다.

"많이 마음에 안 드시나 봐요?"

"뭐가 말이죠?"

"다요. 쉬는 것도 그렇고, 조원들이 못 따라오는 것도 그렇고."

지금은 카메라가 돌아가고 있지 않는 상황이다 보니 솔직한 이야기가 오갔다.

"툭 까놓고 말하면 맞아요. 다 마음에 안 듭니다."

"……."

"내가 왜 다른 사람들까지 신경 쓰면서 이 고생을 해야 하는지 납득이 안 갈 정도예요. 저게 노래예요? 하, 개나 소나 다 저 정도는 부릅니다."

박정수는 앵글 앞에서의 모습과는 전혀 다른 인성을 보였다.

편곡 과정에서 팀원들이 뜻대로 따르지 않은 것에 대해 탐탁지 않은 감정이 쌓인 것은 알고 있었다.

그러나 지금 태도는 짐작한 이상으로 못마땅한 기색인 것이다.

'이 인간 생각했던 것 이상으로 삐뚤어졌잖아?'

의견의 차이를 떠나서 이건 인간성에 문제가 있다고 여겨졌다.

"제 노래도 그리 개판인가요?"

"솔직하게 말합니까?"

"네, 해보세요."

도대체 무슨 말을 할지 수도 궁금해졌다.

박정수는 수의 눈을 직시하다가 신랄하게 평가했다.

"잘 부르고 못 부르고를 떠나서 시대에 뒤처진 음악 스타일이에요. 한마디로 요약을 하자면 구닥다리."

"……."

"제가 느낀 그대로입니다. 화가 나시나요?"

"아뇨."

수는 고개를 저었다.

"다 맞는 얘긴데요, 뭘. 저 구닥다리 맞아요."

"인정하는 겁니까?"

"하고 못할 게 뭐 있어요. 듣는 사람이 그렇다면 그런 거지."

반박은커녕 수는 오히려 희미하게 웃고 있었다.

그 모습에 박정수는 도리어 할 말을 잃고 말았다.

뜻대로 따라주지 않고 사사건건 훼방만 놓는 게 짜증 나서 디스를 했는데도 너무나 태연자약하게 구는 까닭이다.

"그런데 한 사람은쯤은 괜찮지 않나?"

수가 대뜸 말을 꺼냈다.

박정수는 대답 대신에 눈을 맞췄다.

"세련되진 못해도, 뭉클하게 만드는 뭔가가 있는 거요. 구닥다리라고 했지만 그게 또 제가 듣고 싶은 노래, 부르고 싶은 노래거든요."

"……."

"전 쉬겠습니다. 이만."

수는 그리 말을 하곤 소파에서 일어나 방으로 들어가 버렸다.

홀로 거실에 남게 된 박정수는 망치로 머리를 세게 얻어맞은 듯한 충격에 싸여 있었다.

디스를 한 것인데 저리 대범하게 받아들이고 인정을 해버리자 오히려 걸고넘어진 스스로가 더 소인배가 된 인상을 받았다.

더 기분이 나빠진 박정수는 수가 들어간 방문을 노려봤다.

"센 척하긴. 그래 봐야 넌 절대 우승 못 해."

*3*

짧지만 꿀맛 같은 휴식을 취하고 나자 세 사람의 안색이 몰라보게 달라졌다.

가볍게 샤워를 하고 다시 모이자 처음 모였을 때 이상으로 에너지와 활기가 넘쳤다.

*내가 너와 보낸 지난 날, 그건 뭐 불필요한 허비. 그리고 또 후회.*

어경준은 꽉 막혀 있던 자작랩에 활로를 찾은 듯 신나게 떠들어댔다.

푹 쉬고 나니 안소연의 발성도 더 없이 깨끗해졌다.

이전에는 고음으로 치고 올라갈 때 어딘지 꽉 막힌 기분이 들었는데 이제는 전혀 그런 게 느껴지지 않았다.

수는 취침 전과 후의 차이가 그리 크지 않았다.

오히려 발성이 거칠어진 인상을 준 건 연습을 한다며 날을 꼬박 새운 박정수 쪽이었다.

"잠시 후, 오전 8시부터 리허설이 있겠습니다. 다들 준비해 주세요!"

곧 있으면 공식 연습이 종료된다.

지금이 아니면 더는 맞춰볼 기회가 없다.

틈틈이 입을 맞추고 자기 파트를 떠올리며 되새김질을 할 수는 있었지만 그건 어디까지나 각자의 몫으로 남게 되었다.

일분일초도 아깝다 보니 각 조는 한 번이라도 더 불러보고자 서둘렀다.

수는 다른 조들은 잘하고 있나 살펴봤다.

아니나 다를까, 밤새 무리한 연습의 부작용이 곳곳에서 보였다.

"그대가 날 떠나…… 꺅!"

비명에 가까운 음 이탈을 보이는 참가자가 있었다. 밤새 무리한 연습으로 인해 그만 소리가 제대로 나오지 않는 것이다.

"흑!"

결국 참가자는 눈물을 보이며 홀을 나서 버렸다.

딱하기는 하지만 수는 신경을 껐다.

마지막 남은 연습 시간인 건 수와 조원들에게도 똑같이 해당됐다.

큰 무리 없이 마지막으로 한 번 더 곡을 맞춰보자 곧 공식 연습 시간이 종료했다.

"곧 리허설을 진행할 예정이니, 참가자 분들께선 채비를 하시고 한 시간 뒤에 서관의 무대로 모여주시기 바랍니다."

지원자들은 연습 시간이 짧음에 아쉬움을 토로하며 호텔로 돌아갔다.

날을 꼬박 샌 참가자가 많은 만큼 씻을 시간과 아침을 먹을 시간까지 따로 배정을 한 것이다.

충분하진 않지만 휴식을 취한 네 사람은 지하 식당에서 가볍게 아침을 해결했다.

리허설을 하고 본 심사까지 진행이 되려면 적잖은 시간이 소요될 테니 든든하게 배를 채우는 게 낫다는 심산에서다.

아홉 시가 되자 서관에 모든 지원자들이 모였다.

진행을 맡은 FD가 조별로 무대에 올려 보내며 지원자의 편의에 맞춰서 음향 및 조명 등을 조율해 주고, 향후 진행될 룰에 대해 설명을 했다.

"다음 18조분들 올라오세요."

기다리고 기다리던 호명에 수의 조 네 사람이 무대 위로 올라갔다.

실제 심사위원 세 명이 앞에 앉아 있다는 가정하에 몇 가지 질문이 오가고, 곧 이어서 멜로디가 흘러 나왔다.

네 사람은 최선을 다해서 무대를 완성했다.

실수도 없이 매끈하게 준비한 모든 걸 쏟아낸 무대였다.

"수고하셨습니다, 다음!"

제일 앞서서 내려오는 박정수를 제외하고 세 사람은 시선을 주고받으며 웃었다.

본인이 연습한 것 이상으로 좋은 무대를 보여준 것에 대한 환희였다.

# Chapter 4

*1*

"컷!"

꺼져 있던 수십 대 카메라의 on버튼에 붉은빛이 들어왔다.

리허설을 마치고 본격적인 슈퍼위크 첫 번째 미션 촬영에 돌입했다.

심사장 밖에서 차례를 기다리는 참가자들은 마지막으로 입을 맞춰보고, 또 자기 파트를 되새기면서 마음의 준비를 했다.

"떠, 떨려서 죽겠네요."

안소연은 리허설을 당차게 해낸 것과 달리 실전에 돌입하니 몹시 긴장했다.

"화, 화장실 좀……."

그녀는 끝내 버티지 못하고 또 자리를 떴다.

보다 못한 박정수가 한숨을 푸욱 내쉬었다.

"하아. 벌써 세 번째 가는 건데, 저래서 노래나 제대로 하려는지."

"예선 때도 저랬어요. 저래 보여도 실전에 강한 타입이니까 믿어봐요."

수 역시 좋은 말로 위로했지만, 실상 그 역시 걱정이 되기는 마찬가지였다.

'예선하고는 긴장의 수준이 틀려. 경쟁도 치열하고.'

어느 곳을 둘러봐도 만만한 조가 없었다.

우연히 리허설이 진행되는 동안 다른 조의 곡을 들을 기회가 있었는데, 수 역시 감탄을 자아낼 만한 편곡에 실력자들이 도처에 깔려 있었다.

어경준이 크게 심호흡을 하며 말했다.

"형은 긴장 안 돼요? 심장이 정신을 못 차리고 뛰네."

"나도 떨려. 사람인데 어떻게 긴장이 안 되겠어."

"진짜요? 근데 티가 하나도 안 나요. 정수 형도 마찬가지고요."

수와 박정수가 동시에 서로를 의식하며 쳐다봤다.

어경준의 말대로 두 사람은 무서우리만치 침착한 모습을 보이고 있었다.

수는 미소를 머금곤 손사래를 쳤다.

"네가 몰라서 그래, 형 손에 땀 찬 거 안 보여? 대단한 건 오히려 정수 씨 쪽이야."

"그렇구나. 저 마지막으로 연습 좀 하고 올게요."

"그래."

어경준은 양해를 구하곤 자리에서 일어났다.

여기서 연습을 하기엔 눈치가 보이는 만큼 복도에 나가서 가사를 점검해 볼 요량이다.

"아……."

한 명이 가니 다른 한 명이 와서 앓는 소리를 내며 털썩 의자에 주저앉았다.

불과 두 시간 만에 몰라보게 안색이 핼쑥해진 안소연이다.

"속 괜찮아요?"

"아, 아뇨. 뒤집혀서 돌아…… 웁!"

뒤도 돌아보지 않고 다시 화장실로 직행하는 모습을 보며 수는 안타깝다는 듯 고개를 저었다.

카메라맨은 그런 모습을 놓치지 않겠다는 듯 실시간으로 쫓아다니며 앵글에 담았다.

심지어는 중간마다 인터뷰까지 곁들이며 분량 확보에 열

을 올렸다.

"지금부터 슈퍼위크, 첫 번째 미션을 시행하겠습니다!"

MC 김정주의 목소리가 대기실에 쩌렁쩌렁 울렸다. 동시에 대기실 대형스크린을 통해 심사장의 상황이 실시간으로 보였다.

말이 끝나기 무섭게 참가자들이 무대에 올랐다.

개성만점의 사인조 남녀혼성 팀이었다.

선곡은 에픽하이의 트로트라는 곡이었는데, 수가 리허설 때 미리 들어본 바로는 그리 깔끔한 느낌을 주지 못했다.

'전형적으로 컨디션 관리에 실패한 케이스들이지.'

밤새 무리로 인해 이미 두 명이나 목소리가 좋지 못했다.

사람 몸이라는 게 망가지긴 쉬워도 회복하긴 어려운 법이다.

수는 좋은 결과를 받을 거라 예상하지 않았고 결과는 수의 예상을 크게 벗어나지 못했다.

그들은 연달아 음 이탈을 보이더니 그대로 완창조차 하지 못하고 자멸을 해버리고 말았다.

세 심사위원의 평도 마찬가지였다.

"최악이네요."

결코 자비란 없다.

독설로 유명한 이승현의 심사평은 비수가 되어 지원자의

가슴을 사정없이 찔러댔다.

일말의 동정의 여지조차 남기지 않고 철저하게 실력의 잣대로만 평가했다.

"뭘 들어야 할지 잘 모르겠어요. 실력 이전에 목 관리는 스스로 하는 거예요. 당신들이 진정 프로라면 더더욱 그래야죠."

소속사 사장이자 현직 가수 강정우도 마찬가지였다. 본인이 프로듀서인만큼 프로로서의 면목을 강조하며 냉정하게 평가했다.

"기대가 컸던 만큼 아쉽네요. 다음 조요."

마지막으로 한 시대를 풍미했던 댄스 가수 엄지화는 객관적인 심사평보단 주관적인 평가를 끝으로 다음 조를 호명했다.

이어서 곧장 다음 조가 무대에 올랐다.

조별 미션인만큼 두 조가 한 라운드에 배정이 되어 기량을 겨룬다.

승리하게 되면 심사위원이 회의를 거쳐 합격조에서 합격인원을 선출했다.

아무리 걸출한 가창력을 선보인다고 하더라도 패자조는 그런 기회를 박탈당하고 만다.

참 잔인한 일이다.

수의 예상대로 상대조가 배틀에서 승리를 얻었다.

그중에서도 유독 돋보이는 목소리를 지닌 두 명의 참가자가 1차 미션을 통과하게 됐다.

'생각보다 수준은 높지 않은데, 문제는 실수의 여부군. 거기서 당락이 갈릴 거 같네.'

수가 쭉 지켜보면서 가장 놀랐던 건 실전에서 느껴지는 중압감을 이기지 못하고 박자를 놓치거나 가사를 잊어버리는 실수를 하는 참가자가 상상 이상으로 많다는 것이다.

'사람이니까, 충분히 그럴 수 있어.'

이건 비단 저들만의 일이 아니다.

수의 조원들에게도 발생할 수 있는 일이며, 수조차 그러지 말란 법은 없었다.

"18조 준비해 주세요! 곧 스탠바이 들어갑니다."

"우리 부르네요."

수는 의자에서 일어나서 화장실에서 나오는 안소연을 챙겼다.

"이제 곧 무대 올라가야 하는데, 괜찮아요?"

걱정스럽게 묻자 안소연이 고달픈 미소를 지었다.

"위장을 싹 비워서 이제 괜찮아요. 위액도 이제 안 올라오더라고요."

"괘, 괜찮다니 다행이네요."

박정수는 따로 복도에서 연습 중인 어경준을 데려왔다.

네 사람은 스태프의 안내에 따라 심사장 뒤편에 마련된 대기 의자에서 숨을 골랐다.

막상 여기까지 오니 수 역시 적잖이 긴장이 되었다. 조별 미션이라는 무게감도 크게 작용했다. 실수가 곧 조별의 당락과 직결되기 때문이다.

곧 무대에 올라야 한다는 스태프의 신호에 네 사람은 손을 한 군데로 모았다.

"자, 긴장 풀고 연습대로 합시다. 파이팅!"

다른 조의 무대에 피해가 갈 수 있기에 작은 목소리로 외치며 신호를 기다렸다.

"올라가세요."

스태프의 손짓에 수를 비롯한 네 사람이 당당히 무대 위에 올라갔다.

'후! 리허설 때하곤 또 다르네.'

확실히 밀려오는 부담감이 달랐다.

이제까지 지나온 예선 때에서는 느껴보지 못한 긴장감이랄까?

'나나 정수 씨야 그렇다 치더라도 경준이나 소연 씨는 걱정이 좀 되네.'

수가 이 정도로 무게감을 느낄 정도면 저들로는 버티기 힘들 거란 걱정이 들었다.

네 사람이 일렬로 서자 박정수가 약속한 신호를 보냈다.

"하나, 둘 셋."

구령에 맞춰서 네 사람이 동시에 오른 손바닥을 쭉 펼쳐 보이며 외쳤다.

"절대 포기란 없는 조, 기브 업입니다!"

조금은 유치한 소개였지만 크게 개의치 않았다. 조 이름을 짓느라 신경을 쏟느니 한 번이라도 더 입을 맞추는 게 낫단 생각에 대충 지은 까닭이다.

어김없이 선글라스를 쓴 심사위원 이승현이 포문을 열었다.

"오호, 이 조는 박정수 씨가 조장이네요?"

"네."

"근데 마찰이 좀 있었다고요?"

마찰을 언급하자 어경준과 안소연이 눈치를 보며 박정수를 보았다.

'모르긴 몰라도 제작진이 벌써 언질을 준 거야. 방송 참 영악하게 하네.'

수가 기가 찬다는 표정을 짓고 있을 때, 안소연이 마이크를 들고 껴들었다.

"그런 적 없었는데요?"

"네? 정말요?"

"네, 저희 조는 그런 거 없습니다."

당돌하게 나서서 부정을 하는 안소연을 보며 세 명의 심사위원의 낯에 의외라는 기색이 떠올랐다.

마찰이 있더라도 같은 조원을 감싸는 모습이 보기 좋게 보인 것이다.

"이수 씨는 기타를 안 메고 오셨네요?"

"네. 오늘은 하모니로 승부하려고요."

"풉! 기대되는데요? 그러면 노래부터 들어볼까요."

말이 끝나기가 무섭게 반주가 흘러나왔다.

정겨우면서 익숙한 멜로디, 이선희의 나 항상 그대를이란 곡이었다.

진입은 감미로운 목소리를 가진 안소연의 몫이었다.

*나 항상 그대를 보고파 하는데*

*맘처럼 가까울 수 없어.*

*오늘도 빛바랜 낡은 사진 속에*

*그대 모습 그리워하네.*

애절하지만 담담하게, 또 그리워하지만 그걸 직접적이지 않게…….

절로 사람을 흡입하게 만드는 목소리였다.

'과연…… 타고난 무대 체질이야.'

수는 흐뭇하게 웃으며 일순 노래의 감정에 몰입해 목소리를 냈다.

전 파트가 여자의 입장에서 그리움을 표현한다면, 수가 맡은 파트는 남자가 여자를 그리워하는 마음을 담았다.

*나 항상 그대를 그리워하는데*
*그대는 어디로 떠났나.*
*다정한 그 모습 눈물로 여울져*
*그대여 내게 돌아와요.*

수의 음색은 어딘지 평소와 많이 달랐다.

중저음의 보이스는 여전했지만 겉으로 대놓고 그리움을 표현했다.

마치 떠나간 그 사람을 애처롭게 찾는다는 느낌으로 말이다.

파트를 끝내가면서 수는 슬쩍 심사위원의 안색을 살폈다.

저마다 다 다르긴 했지만 고개를 좌우로 흔든다거나 애처로운 눈길을 하고 있는 게 확실히 노래에 몰입을 하고 있단 걸 보여주고 있었다.

그 다음 후렴구를 박정수가 받았다.

*돌아와 그대 내게 돌아와*
*나 온통 그대 생각뿐이야*
*불같은 나의 사랑 피할 순 없어.*
*그대여 내게…… 돌아와요.*

군더더기 없이 깔끔한 음색.

지적할 곳을 찾을 수 없이 정확한 음정.

앞에 앉아 있는 세 명의 심사위원의 눈이 이채를 띠었다.

그만큼 박정수의 발성은 흠을 찾기 힘들 만큼 완전해 보였다.

서서히 멜로디가 작아지더니, 갑자기 비트가 빨라지기 시작했다.

템포가 느린 곡이다 보니 그런 변조가 어색하게 들릴 법도 했건만, 박정수는 전문 트레이너의 도움 없이도 이 정도로 완숙미 넘치는 편곡을 완성해 냈다.

"Yo!"

잠자코 박자만 타고 있던 어경준이 한발 앞으로 튀어나갔다.

입에 삐딱하게 마이크를 대더니 라임에 맞춰 속사포 랩을 쏟아냈다.

"yo! 나는 오늘도 그대를 그리워하네. 내가 있는 여기, 당신이 머문 저기. 그리고 저 멀리…… 어…… 어."

"……!"

순조롭게 무대를 완성해 나가던 찰나 어경준이 버벅거리더니 그만 가사를 잊어버리고 말았다.

우려했던 일이 현실로 벌어진 것이다.

"어…… 어."

다시 머리를 굴려 떠올리려고 했을 때는 이미 주어진 파트가 모두 끝나고 말았다.

지금까지 만족스럽게 듣던 심사위원의 표정이 딱딱하게 굳어진 게 보였다.

아쉬움이 들었지만 이미 지나간 일이다. 노래는 아직 끝나지 않았다.

수는 만회할 기회가 충분히 있단 생각에 마지막 남은 하이라이트에 더 공을 쏟기로 결심했다.

*돌아와 그대 내게 돌아와*

*나 온통 그대 생각뿐이야*

*불같은 나의 사랑 피할 순 없어.*

같은 후렴구지만 이번엔 전혀 달렸다.

세 사람이 전혀 다른 화음을 이루며 하나의 하모니를 이룬 것이다.

여성 특유의 높은 하이키의 안소연이 가느다란 체구에서 뿜어져 나왔다고는 보기 어려운 고음을 선보였다.

수는 탄탄한 중고음을 바탕으로 묻히지 않고 자기만의 역할을 다했다.

박정수는 이미 전 파트에서 후렴을 부른 만큼 저음 부분의 화음에 주력했는데 그것이 한 치의 오버와 어긋남 없이 조화를 이루게 했다.

*그대여 내게…… 돌아와요.*

절정에 다다른 세 사람의 하모니가 막을 내렸다.

반주가 끝남과 동시에 잠시 잊고 있던 긴장감이 다시 확 밀려왔다.

본래대로라면 배틀에서 이길 거란 자신이 있었겠지만 어경준의 실수로 인해 한 치 앞을 모르게 됐다.

"내가 먼저 말할게."

독설가로 이름을 날린 이승현이 마이크를 잡았다.

덩달아 네 사람도 적잖이 긴장을 했다.

"여기 적힌 거 보니 편곡을 박정수 씨가 직접 했다는데, 사실인가요?"

"네."

"마지막 후렴 부분도?"

"네. 제가 했습니다."

박정수는 자신감 있게 대답을 했다.

"음, 일단 칭찬부터 드리죠. 그 나이 때 보기 어려울 만큼 훌륭한 편곡이었습니다."

"감사합니다."

"후렴 부분의 몰입도도 대단했어요. 실수만 안 했다면 무조건 합격 줬을 텐데 말이죠."

"……."

실수를 언급하자 박정수의 얼굴이 딱딱하게 굳었다.

특히 어경준은 자신의 실수로 인해 조가 탈락할 수도 있다는 상황에 미안함과 불안감으로 거의 반쯤 울먹거리고 있었다.

가수이자 프로듀서 강정우가 심사평을 이어갔다.

"좋네요. 처음 딱 듣는데…… 와! 슈퍼스타에서 내가 듣고 싶은 노래란 이런 거야. 확 느낌이 다르더라고요. 특히 안소연 씨, 무대만 오르면 소심함이 싹 사라지고 다른 사람이 되던데요?"

"네? 그게 저도 모르게 그만……."

갑작스런 칭찬에 당황한 안소연은 본래의 성격으로 되돌아가 있었다.

"박정수 씨도 훌륭했지만, 제가 놀란 건 이수 씨였습니다."

"저요?"

수가 얼떨떨한 표정을 지었다.

딱히 잘 부르지 않은 것 같음에도 언급을 한 게 의아한 까닭이다.

"이수 씨는 사람의 감정을 건드리는 힘이 있어요. 뭐랄까, 내가 이런 감정이야. 그러니까 너도 그걸 느꼈으면 좋겠어. 이러면서 잡아당기는 거 같았어요. 영화 주온의 귀신처럼?"

"풉, 오빠 표현 너무 살벌하다."

엄지화가 말을 받자 스튜디오의 분위기가 한결 누그러졌다.

"특히 마지막 후렴 부분에선 완전 대박이었어요. 정수 씨가 탄탄하게 저음을 받치고, 천장을 뚫고 나갈 듯 소연 씨가 지르는 고음 사이에서도…… 난 이수 씨 목소리만 들렸어요."

이승현이 슬그머니 마이크를 잡더니 껴들어 한마디 보탰다.

"저도요. 의도된 편곡인지, 아니면 우연인지 모르겠지만 돌아오길 바라는 남녀의 각기 다른 감정이 한 하모니 안에 공존하는 느낌이었어요.”

“암, 훌륭하고말고요. 단! 경준 씨가 가사를 잊어먹은 걸 제외하면 말이죠.”

“…….”

어경준을 언급하자 다시 분위기는 차가워졌다.

돌이킬 수 없는 실수.

주어진 기회를 놓친 것도 모자라 다른 조원들에게 피해를 주었단 사실에 어경준은 쥐구멍에라도 숨고 싶었다.

“전 다 잘 들었어요. 근데 결과는 차후 봐야 알 거 같네요. 수고하셨습니다.”

엄지화의 심플한 심사평이 끝나자 스태프들이 도화지에 글자를 적어 흔들었다.

뒤쪽에 물러나서 다음 참가자의 무대가 끝나기를 기다리란 것이다.

더 이상의 무대는 없단 생각에 어경준이 울먹거리며 뒤로 물러났다.

“괜찮아, 실수할 수도 있지. 신경 쓰지 마.”

수는 어깨를 감싸 안고 그런 동생을 위로했다.

안소연도 딱한 마음이 들었는지 옆에 와서 어깨를 쓰다듬어줬다.

"흐윽."

울먹거리며 말조차 잇지 못하는 어경준.

저마다 달래주고 있었지만 유독 박정수만큼은 차가웠다.

가면 너머로 감정이 드러나진 않았다.

하지만 확실한 건 시선조차 주지 않고, 입바른 위로조차 없다는 것이다.

'인정머리가 없어도 너무 없네. 아니면 그만큼 절실하다는 건가?'

슈퍼스타Z는 단순한 오디션이 아니다.

누군가에게는 인생 전부나 마찬가지인 도전이기도 하다.

그런 의미에서 보면 박정수도 같은 맥락인가?

수의 눈엔 그렇게 보이지 않았다.

'왠지, 내 눈에 박정수는 간절해 보이질 않아. 지금 저 태도는…… 떨어질지도 모른다는 불안이 아니라 애써 준비한 곡을 망쳐 놓은 것에 대한 분노로 보여.'

지극히 개인적인 생각일지 모른다. 또 착각일지도 모른다. 하지만 수는 그리 느꼈다.

다닥! 다닥!

수의 18조와 맞붙게 될 20조 조원들이 무대 위에 올라왔다.

이십 대부터 사십 대까지 고른 나이대가 분포된 사인조 남성조였다.

“안녕하세요, 저희는…… 보디 앤 바디입니다!”

남자 조원들이 차례대로 보디빌더 같은 자세를 취했다. 일종의 자신감 표현이다.

“남성적인 느낌일 물씬 풍기는 제 스타일의 팀인데요?”

유일한 여성 심사위원인 엄지화가 미소를 머금으며 포문을 열었다.

그러자 이승현이 슬그머니 태클을 걸었다.

“이거 너무 사심 방송 아니야?”

“취향도 존중 못 받나.”

“노골적이라 그러지. 어디 노래도 스타일만큼 훌륭한지 들어볼까요?”

말이 끝나기가 무섭게 반주가 흘러나왔다.

선곡은 발라드 아이돌이라고 불리는 2am의 죽어도 못 보내라는 곡이다.

네 남자의 개성과 색깔을 가장 잘 드러낼 수 있는 곡이자 사랑하는 연인을 보낼 수 없다는 가사가 매력적인 곡이다.

‘과연 어떨까?’

이미 리허설을 통해서 본 적이 있는 무대다.

수가 듣기로 생각만큼 훌륭하진 않았다. 그렇다고 또 흠을 잡을 만큼 나쁘지도 않았다.

'원곡의 큰 틀에서 벗어나지 않았어. 이게 독으로 작용을 할지, 약으로 작용을 할지는 좀 더 봐야 알겠지.'

시선을 힐끗 심사위원 쪽으로 돌렸다.

그들은 어떤 생각으로 이 노래를 감상하고 있을지 궁금해진 수다.

# Chapter 5

## 1

무대에 큰 실수는 없었다.

네 사람의 각기 다른 목소리가 적당히 화음을 이루며 듣기 좋은 음악을 완성해 나갔다.

마치 실수만 하지 않으면 된다는 듯한 속셈이 훤히 보일 정도다.

곡의 끝에 다다를수록 안소연과 어경준의 표정은 이루 말할 수 없을 만큼 굳어졌다.

오득오득!

특히 어경준은 초조함을 참지 못하고 손톱을 물어뜯고 있었다.

그도 그럴 수밖에 없는 것이 어디까지나 이건 조별 미션이다.

앞선 심사에서도 나왔지만 가사를 잊어버린 건 이루 말할 수 없는 치명타다.

만약 이대로 무리 없이 완창을 하게 된다면 조별 미션 통과는 바디 앤 보디의 몫이 될 게 자명했다.

이윽고 노래가 끝났다.

“아.”

나지막한 어경준의 탄성이 터졌다.

결과가 나올 때까지 일말의 기대는 가져 보겠지만 상대가 끝까지 어떤 실수도 보이지 않았단 사실에 탈락을 예감한 것이다.

이승현 심사위원이 먼저 마이크에 대가 물었다.

“끝인가요?”

“네? 네.”

당연한 걸 묻는 터라 대답하는 바디 앤 보디 조 역시 당혹스러워보였다.

“뭘 들었는지 모르겠네요. 이거 편곡을 누가 한 거죠?”

“제, 제가요.”

한 조원이 손을 들자 이승현 심사위원의 주특기인 독설이 쏟아졌다.

"조원들의 개성을 다 죽였어요. 각기 다른 보이스와 장점이 있는데, 그걸 이리 무개성하고 표현할 수 있단 게 화가 나네요."

악평이다.

그것도 앞선 심사에서도 보지 못한 최악의 평가.

기대하지도 않던 이승현 심사위원의 독설에 어경준과 안소연의 표정이 미비하게 펴졌다.

'역시, 내 예감이 맞았어.'

수는 이미 어느 정도 악평이 쏟아 질 거라 내다보고 있었다.

무색무취.

참가자의 개성이 보이지 않는 무대만큼 오디션에서 최악의 결과는 없는 법이다.

"……."

수가 힐끗 박정수의 표정을 살폈다.

가면으로 가려져 있어 눈빛과 눈가 아래의 안색만 확인이 가능했는데, 어떠한 동요도 없이 담담하기 이를 데 없었다.

'놀랍도록 침착한데? 정수 씨도 첫 구절을 들었을 때 이런 심사평을 눈치챈 거야.'

박정수의 높은 안목을 새삼 수 역시 인정하지 않을 수가 없었다.

"제 차례인가요?"

강정우 심사위원이 마이크를 집었다.

그는 테이블에 팔꿈치를 대고 잠시 생각을 정리하더니 심사평을 늘어놓았다.

"여러분은 이게 오디션이고, 경쟁이며, 배틀인 걸 망각했어요."

"……!"

"마치 좋은 무대? 실수 없는 무대? 지방 어디 이름 모를 축제에서 부를 법한 무대를 준비한 거 같아요. 이 경쟁을 뚫고 올라가야지, 살아남아야지. 그런 각오나 모습이 하나도 보이지 않아요."

관점과 해석은 달랐으나 강정우 심사위원 역시 악평을 쏟아냈다.

동시에 바디 앤 보디 조원들의 낯빛이 딱딱하게 굳어졌다.

그들이라고 배틀에서 이기고 싶은 마음과 간절함이 부족했다고 보긴 어렵다.

그저 아주 사소한 생각과 시선의 차이에서 그만 이런 결과를 낳고 말았다.

"전 좋게 들었어요. 네 분의 화음은 특히 굿입니다."

앞선 두 심사위원과 달리 엄지화 심사위원은 칭찬으로 평을 시작했다.

"하지만 그게 다예요. 끌리는 뭔가가 없어요."

마지막까지 쏟아진 악평에 바디 앤 바디 팀의 입에서 아 하는 탄성이 터져 나왔다.

천장을 쳐다보며 후회하고, 자책을 했지만 이미 주어진 한 번의 무대는 끝나고 난 다음이다.

"잠시 회의 좀 진행할게요."

세 명의 심사위원이 머리를 맞대고 합격자를 선출하기 위한 합의에 돌입했다.

"……."

무대 위에서 기다리는 참가자들에게 있어서는 가장 숨 막히는 시간이다.

마이크는 꺼져 있었지만 언뜻언뜻 들리는 심사위원들의 목소리에 참가자들의 표정이 시시각각으로 변했다.

"얘는 별로야."

"걔는 빼야 해요. 실력이 제일 떨어져."

"이 친구도 마찬가지예요. 영. 이 친구가 나는 괜찮던데."

"어, 나도. 얘는 통과시키자."

과연 누가 합격을 받을 수 있을까?

저마다 입술이 바짝바짝 말라가는 긴장감 속에서 드디어 회의가 끝났다.

"모두 앞으로 나오세요."

여덟 명의 조원이 앞으로 나와 무대 위에 일렬로 쭉 섰다.

저마다 이루 말할 수 없는 긴장감 속에서 나만은 살아남기를 마음속으로 간절히 빌고, 또 빌었다.

"우선 승자조부터 말씀드릴게요. 어…… 저희가 뽑은 승자조는……."

이승현 심사위원이 선글라스를 위로 올려 쓰며 뜸을 들였다.

불과 몇 초에 불과한 시간이었지만 무대 위 참가자들에게 있어서는 불구덩이에 들어가 있는 듯한 착각이 들 정도로 긴박한 순간이었다.

"기브 업입니다."

어경준의 주먹에 힘이 꽉 들어갔다. 더불어서 굳어져 있던 얼굴이 조금은 펴졌다.

그의 실수로 인해 조 전체가 탈락할지도 모른다는 죄책감에서 조금은 벗어난 덕분이다.

말은 하지 않았지만 안소연도 기쁜 기색이 역력했다.

'기왕이면 다 붙고 싶어.'

이제 조원 모두가 최후의 합격 선택을 받게 된다면 더없이 기쁠 것 같았다.

"바로 호명할게요."

“……”

드디어 살아남느냐, 떨어지느냐의 기로에 서게 되자 긴장감이 극에 달했다.

“어경준 씨.”

“네?”

“탈락입니다.”

“……”

“나머지 세 분은 합격입니다. 축하드립니다.”

수는 역시 하는 표정을 지었다.

심사평을 통해서 어경준의 탈락은 어느 정도 예견하고 있었다.

안 그래도 기본기가 부족한 것이 염려되었는데, 아니나 다를까 가사를 잊어버리는 결정적인 실수까지 했으니 심사위원들의 눈에 띄기는 어려웠다.

“괜찮아, 다음이 또 있잖아.”

합격자가 된 기쁨보다 이틀 새에 정이 든 동생의 탈락이 더 아쉬운 안소연이 슬픈 눈으로 어경준의 등을 토닥여 줬다.

“그래, 넌 아직 어리잖아. 이게 끝이 아니야.”

“흐윽!”

수 역시 경준의 어깨를 감싸며 달랬다.

어경준은 복받치는 감정을 주체하지 못하고 무대 위를 내려오면서까지 눈물을 흘렸다.

그건 단순히 탈락이 분해서 우는 게 아니다.

잘하지 못한 스스로에 대한 분노.

살아남은 세 사람을 보며 갖게 된 안도.

실망을 안겨 드린 부모님에 대한 미안함.

지금 흘리고 있는 눈물은 표현하기 어려울 만큼 많은 감정의 결정체였다.

"수고했어."

박정수 역시 형식적인 한마디를 건넸으나, 진정 안타까운 기색은 보이지 않았다.

심사장을 나서기가 무섭게 네 사람의 주변에 카메라맨들이 몰려들었다.

작가들은 조원들이 어경준을 어르고 달래는 모습을 하나도 빠짐없이 담았다.

그 과정을 만족스럽게 녹화한 듯 이번엔 인터뷰를 요구했다.

'방송 정말 할 게 못 되는구나.'

개인의 감정보다 방송 분량 확보에 더 신경을 써야 하는 게 탐탁지 않은 수다.

어경준을 시작으로 박정수, 안소연 차례로 인터뷰가 진행되었다.

인터뷰는 따로 마련된 룸에서 개별적으로 했는데, 마지막으로 나오던 안소연의 눈가가 촉촉했다.

짐작하기로는 어경준의 탈락으로 인해 감정이 복받쳐 눈물을 보인 것 같았다.

"이수 씨 들어오세요."

이수는 스태프의 호명에 맞춰 룸으로 들어갔다.

슈퍼스타Z라는 거대한 타이틀이 붙은 벽면을 등에 지고 앉자 작가들의 질문이 쏟아졌다.

"처음 어경준 씨가 가사 틀렸을 때 어떠셨어요?"

"네? 그걸 왜……."

다 지난 일을 묻는 통에 수가 이해를 못 하고 반문할 때였다.

"컷!"

"하아! 이수 씨, 그런 건 묻지 마시고 최선을 다해서 답변해 주세요. 그때 상황에 내가 느낀 감정은 어땠다. 아셨죠?"

"……."

작가는 의문을 갖기보단 그저 원하는 답을 끌어내길 원하는 투였다.

썩 기분이 좋진 않았지만 이미 출연을 결정했을 때부터 이럴 거라고 각오한 탓에 수는 순순히 묻는 말에 대답을 했다.

"안타까웠어요. 이틀 동안 준비한 게 허사가 된 거잖아요."

"떨어질 걱정은 안 드셨어요?"

"그보단 경준이가 더 걱정됐어요. 폐를 끼쳤단 생각에 느낄 죄책감이 장난 아닐 거니까요."

수가 또박또박 대꾸를 하는 통에 인터뷰는 일사천리로 진행이 됐다.

그 이후로 몇 가지 형식적인 질문이 오갔으나, 대답에 무리가 따르는 건 아니었다.

"컷!"

"됐습니다. 합격 축하드려요."

수는 고개를 까닥거리곤 룸을 나왔다.

그사이 당락이 결정된 어경준에게 스태프가 짐을 싸라고 일렀다고 한다.

또 합격자는 조별 미션이 종료될 때까지 호텔에서의 휴식이 허락됐다.

네 사람은 다 같이 호텔 객실로 들어왔다.

짐을 챙기는 어경준을 안타깝게 보며 호텔 밖까지 배웅을 나갔다.

"형, 누나 제 몫까지 열심히 해야 해요!"

어경준은 아쉬움을 뒤로하고 손을 흔들면서 저 멀리 가버렸다.

카메라는 쓸쓸히 떠나는 어경준의 뒷모습과 남겨져 배웅

을 하는 세 사람을 번갈아가면서 앵글에 담고 나서야 off로 바뀌었다.

"우린 올라가서 좀 쉬죠."

짧게나마 2차 미션이 주어지기 전까지 여유 시간을 얻게 된 세 사람은 객실로 곧장 올라오기가 무섭게 곯아떨어졌다.

긴장이 쫙 풀리며 피로가 몰려온 것이다.

*2*

넉넉한 휴식은 아니었지만, 꿀맛 같은 단잠을 깨운 건 스태프의 호출이었다.

오후 여섯 시가 넘어 조별 미션이 끝나자, 합격자들은 조추첨을 했던 홀에 다시 모이라는 통지가 왔다. 다 모이면 그때 2차 미션이 주어진다고 한다.

정신을 차리기 위해 세수를 하고 옷을 갈아입은 세 사람이 객실을 나섰다.

안소연이 으레 궁금할 수 있는 의문을 던졌다.

"마지막 미션은 뭘까요?"

"글쎄요."

수의 반응은 어딘지 모르게 무관심해 보였다.

"수 씨는 안 궁금해요?"

"궁금하기야 한데, 어차피 곧 알게 될 건데요, 뭘. 가서 보려고요."

굳이 사서 신경 쓰지 않겠다는 수의 말에 안소연이 옅게 웃었다.

"그게 다는 아니잖아요."

"뭐가요?"

"수 씨를 볼 때마다 여유가 보여요. 뭐라고 할까, 어떤 미션이든 합격할 자신감?"

지금 말은 안소연이 느낀 솔직한 기분이었다.

조별 미션에서 살아남은 참가자들은 말해봐야 입이 아플 만큼 실력이 쟁쟁하다. 누가 탑 텐에 든다고 해도 하등 이상할 바가 없다.

"에이! 절 너무 높게 봐주시네. 다 허세예요."

수는 한사코 손사래를 치며 거부했다.

결코 인정하려 하지 않고 자기를 낮추는 수를 보고 있으면 세삼 미워할 수 없는 사람이란 생각이 들었다.

엘리베이터 앞에 도착하자 안소연의 시선이 이번엔 박정수에게 향했다.

"정수 씨도 마찬가지예요. 무대에서 보여주는 그 완벽함에 놀랄 때가 한두 번이 아니에요."

"……."

박정수는 그저 듣고만 있을 뿐 대답이 없다.

그는 칭찬을 들으면서 도대체 무슨 생각을 하고 있는 걸까.

"저 리허설이랑 쭉 보면서 느꼈어요. 이 사람들은 정말 대단하다. 내가 두 분이랑 같은 조에 걸린 건 참 행운이구나."

"그런 말 마요. 소연 씨야말로 진짜 느낌 있는 여자 보컬이라고요."

"말이라도 고마워요."

그런 소소한 대화를 주고받는 새에 모이라고 한 홀에 도착했다.

인터뷰를 끝낸 마지막 합격자들이 들어오고 나자 곧장 무대 위에 MC 김정주가 올랐다.

"1차 미션에 합격하신 분들, 진심으로 축하드립니다. 이제 여러분은 생방송으로 가는 마지막 문턱에 서게 되었습니다."

생방송!

탑 텐!

김정주의 말이 이 자리에 모인 참가자들의 가슴에 불을 지폈다.

그도 그럴 것이 슈퍼스타Z는 화제의 돌풍에 있는 오디션 프로그램이다.

굳이 우승을 하지 못하더라도 방송 출연만으로도 사람들의 뇌리에 이름을 각인시키고, 팬을 양산하며, 스타성을 어필할 수 있는 기회의 장이다.

역대 슈퍼스타Z의 탑 텐에 올랐던 참가자 대다수가 기획사와 계약을 맺게 된 후에 가수로서 활동을 하게 된 것도 이와 같은 맥락이다.

"그럼 2차 미션 과제를 발표하겠습니다."

MC 김정주는 곧장 발표를 하지 않고 뜸을 들이다가 외쳤다.

"바로 라이벌 미션입니다!"

진행 방식은 이러하다.

제작진에 의해 정해진 두 명의 참가자가 짝을 이룬다. 두 사람은 합의를 통해서 한 곡을 결정하게 되고 듀오를 이루어 열창을 한다.

같은 곡임에도 다른 음색, 색깔, 스타일을 보이는 게 관건이며 심사위원들은 더 나은 사람을 선택하게 된다.

그렇게 대결한 두 사람 중 승리한 한 사람이 생방송 무대에 진출하는 것이다.

'역시, 라이벌 미션이구나. 그렇다면 내 상대는 누가 되려나?'

수는 자연스럽게 좌중을 둘러보며 누가 붙을지 재봤다.

'모태는 비슷한 스타일의 참가자들을 붙여 한 명을 떨어뜨리는 방식이지. 제작진 입장에서도 굳이 비슷한 참가자 둘을

다 데려갈 이유는 없으니까.'

몇몇 짐작이 가는 참가자가 있었지만 확신은 들지 않았다.

제작진이 생각하는 것과 수가 생각하는 라이벌에 대한 견해의 차이가 있을 수도 있기 때문이다.

고민을 하던 수는 생각을 접었다. 어차피 잠시 후면 알게 될 거니까.

"지금부터 스크린에 뜨는 두 참가자가 맞대결하게 됩니다."

스크린에 두 사람이 호명될 때마다 여기저기서 탄성이 터져 나왔다.

다른 것 같으면서도 묘하게 비슷한 음악성을 지닌 참가자의 매칭에 본인들도 깜짝 놀란 것이다.

"다음 안소연 씨와 붙게 될 참가자는…… 김수은!"

'김수은이라…… 비대한 체구에서 뿜어져 나오는 힘 있는 음색이 돋보이는 참가자였지.'

수 역시 이전 미션들을 통해서 눈여겨봤던 참가자다.

대중에 널리 알려진 가수 BMK나 이영현을 보는 듯한 체구에 여자답지 않은 파워풀한 가창력을 선보이는 타입이다.

깡마르고 왜소한 체구에 비해 천장을 뚫고 나갈 듯한 고음을 구사하는 안소연과 잘 맞는 매칭 상대였다.

"다음은 박정수 씨 차례군요."

박정수라는 이름이 호명되자마자 참가자들이 정색을 했다.

이미 조별 미션을 통해 출중한 박정수의 가창력을 볼 기회가 있던 참가자들이었다. 할 수만 있다면 피하고 싶은 마음이 강했다.

'정수 씨는 누구랑 붙을라나?'

쉽게 그림이 그려지지 않았다.

박정수의 가창력은 빈틈이 없다. 군더더기가 없이 깔끔하다.

하나, 그렇다고 색깔이 있는 건 아니다.

보이스와 발성에 대한 매력이 없는 건 아니지만, 엄청난 개성이 있는 것도 아니기에 여기 있는 어떤 참가자와 붙어도 이상할게 없었다.

"바로……."

MC 김정주는 시간을 질질 끌며 한껏 긴장감을 고조시켰다.

"궁금하시죠, 여러분? 저도 궁금하네요. 아직 보질 않았거든요."

"아!"

참가자들을 쥐었다 폈다 하자 여기저기서 탄성과 야유가 쏟아졌다.

이윽고 김정주가 페이퍼를 재차 확인을 하더니 감탄을 내질렀다.

"세상에…… 이럴 수가 있나요? 최고의 매치라고 해도 과언이 아닙니다."

늘 있던 바람잡이였지만 지금의 말투는 어딘지 좀 달랐다.

"이수 씨입니다!"

"뭐? 나라고?"

뜻밖의 호명에 수도 적잖이 놀라고 말았다. 이모저모 따져봐도 수와 박정수에게 음악적인 공통점이 거의 없었다.

엄밀히 말하면 달라도 너무 달랐다.

8090시절의 감성 발라드와 세련된 현대 발라드의 대결이랄까?

얼떨떨한 수가 단상 바로 앞까지 걸어 나가자, 박정수와 딱 눈이 마주쳤다.

"참 꼬여도 이렇게 꼬이네요. 그죠?"

어처구니가 없다는 듯 수가 어깨를 으쓱해 보였다.

그에 반해 박정수의 입술 주변은 주름이 꿈틀거리고 있었다.

"전 재미있는데요?"

"……."

박정수는 마치 이 대결을 기다리고 있던 것처럼 이죽거리고 있었다.

'날 누르고 싶어서 안달이 난 표정이잖아?'

무슨 이유 때문에 박정수가 저런 앙심을 품었는지 수는 알 수가 없었다.

수의 입장에서 되돌아보면 그만한 일이 없었기 때문이다.

'마음대로 해보라지. 나란 놈을 만만하게 봤다면 그건 실수야.'

여기까지 온 이상 수도 생방송 무대에 진출할 생각이다.

그러려면 이틀간의 정은 둘째 치고서라도 더 나은 음악을 보여줘 심사위원의 마음을 사로잡을 생각이다. 또 그럴 자신이 수에겐 있었다.

"잘 부탁해요."

어제의 동료에서 오늘의 적으로 변해 버린 수가 손을 내밀었다.

"나야말로요."

박정수가 웃었다.

# Chapter 6

*1*

대한민국이 떠들썩했다. 한 달 전부터 각종 매스컴과 전광판을 통해 떠들어대던 슈퍼스타Z의 첫 방송을 하는 날이기 때문이다.

수의 가족들은 거실의 텔레비전 앞에 자리를 잡고 앉았다.

"한다, 해!"

어머니가 호들갑을 떨었다.

집까지 찾아와서 인터뷰를 하기도 했고, 아들도 볼 수 있다는 생각에 살짝 들뜬 듯했다.

"안 들리잖아. 좀 조용히 해."

가부장적인 아버지 역시 그리 엄포를 놓으면서도 휴대전화에서 손을 떼지 않았다.

안면이 있는 사람들 모두에게 일일이 연락을 해서 우리 아들 나오니 빼먹지 말고 꼭 보라고 강요를 하고 있었다.

"……."

그에 반해 동생 준의 표정은 그리 밝지가 못했다. 근심이 쌓인 듯 어두웠다.

"준아, 피곤하면 들어가서 쉬어."

"어? 아니에요. 그래도 형 나오는데 봐야지."

말은 그리했지만 어딘지 모르게 준의 혈색은 좋지 못했다.

개인 사생활 때문에 촬영에 협조하지 않은 것이 미안해서가 아니다.

준은 몹시 힘든 듯 숨소리도 거칠었으며 이마엔 땀이 송골송골 맺혀 있다. 게다가 통증이 있는지 복부를 부여잡고 인상을 썼다.

"시작한다, 볼륨 좀 키워봐!"

하지만 어머니의 정신은 오로지 슈퍼스타Z 본방송에 쏠려 있어, 그런 준의 이상한 낌새를 눈치채지 못했다.

볼륨을 크게 키우고 집중하자 마침 화면에 전국에서 응모한 수십만 명의 참가자가 지나갔다. 전국 방방곡곡, 심지어 미국에서도 치러진 예선장의 모습이 보였다.

"여보, 우리 수가 저 많은 사람을 제치고 올라간 거래요."

"보고 있어."

무뚝뚝한 아버지의 말에 어머니의 눈시울이 차차 붉어졌다.

"남편 복 지지리도 없어서 왜 사나 싶었는데…… 큰놈은 TV에 다 나오질 않나, 작은놈은 서울대에 입학을 하고. 고생한 보람이 있어."

휴지로 눈물을 훔친 어머니는 눈에 힘을 쥐고 방송을 뚫어지게 봤다.

언제 수가 등장할지 모르기에 긴장의 끈을 놓치지 않았다.

방송의 절반가량이 지났을 무렵이다.

어머니가 갑자기 흥분을 감추지 못하고 손가락질을 하며 소리쳤다.

"나왔어, 우리 수야! 수가 나왔다고!"

"형이네."

일그러진 표정의 준도 희미하게 웃었다.

늘 자신에겐 늠름한 척 굴던 형이 심사위원들 앞에 서서 보이는 모습이 낯선 까닭이다.

"어, 우리가 나온다. 집이야, 집! 웬일이야, 여보. 우리가 나왔다고!"

엄마가 기쁨을 주체하지 못해 방방 뛰었다.

썩 좋은 생활 형편은 아닌지라 이제껏 살면서 맘껏 누구를 집으로 초대하지도 못했다. 속된 말로 남에게 보여주기 부끄러웠던 것이다.

그래서 출연에 망설이기도 했지만 이젠 개의치 않는다.

이렇게나마 수에게 도움이 될 수 있다면 그걸로도 기뻤다.

"몇 초 나왔나?"

"그런 게 뭐가 중요해! 나온 게 중요한 거라고!"

오 초도 되지 않을 짧은 분량이 스쳐 지나간 뒤에 영상은 수가 호스피스 실습을 하고 있는 병동으로 점프를 했다.

사회복지학과에 재학 중이고 실습을 나가는 건 알았지만 환자를 돌보는 수를 보는 부모님의 마음은 편치 않았다.

"남들 다 하는 과외라도 시켰어야 했는데……."

어머니는 후회가 많아 보였다.

학비를 내주지 못한 건 둘째 치더라도, 남들만큼 가르치지 못해 원치도 않던 과를 지망해 저리 고생을 한다고 여긴 것이다.

간략한 수의 소개가 끝났다.

영상 속의 수는 간주를 하며 노래를 막 시작했다.

막 첫 구절을 부르려는데 이승현 심사위원에게 저지를 당한다.

"뭐야, 왜 끊지?"

"탈락은 아니겠지?"

"예끼, 재수 없게 못 하는 말이 없어. 이 사람아, 녹화본이라잖아."

어머니와 아버지는 티격태격하면서 다투셨다. 젊은 시절과 달리 많이 무뎌진 아버지가 거의 어머니에게 져주시는 편이다.

방송은 계속됐다.

선곡에 대한 이야기가 오갔다.

"진짜 미안한데, 그 곡 이등병의 편지 맞나요?"

"네, 맞아요."

"다른 좋은 곡도 많은데, 하필 이등병의 편지를 선택한 이유가 뭐죠?"

"슬프잖아요."

"슬퍼요?"

"남자 인생에서 가장 슬픈 몇 안 되는 곡이라서 골랐어요."

"뭐요? 하하하!"

엉뚱한 수의 대답에 심사위원들과 촬영장이 초토화가 됐다.

그걸 보고 있던 가족들도 마찬가지였다.

"형답네요."

"수가 입대하는 걸 끔찍이 싫어했지."

전혀 다른 수의 모습과 더불어 지난 모습을 떠올리는 가족들의 입가에 절로 미소가 떠올랐다.

"노래 나온다!"

가족들은 입을 다물고 온전히 노래에 집중을 했다.

수는 유려한 기타 연주를 선보이며 고요한 호수에 조약돌을 던지듯 소리를 뱉었다.

세상에서 가장 슬픈 노래라는 수의 말처럼 구슬픈 멜로디다.

그에 덧씌워지는 수의 보이스는 군대를 전역한 지 서른 해가 넘는 아버지마저 그날, 그 시절로 되돌려 보내는 힘이 있었다.

"씨, 저거 내 얘기 같잖아."

준은 통증에 인상을 쓰면서도 미소를 잃지 않았다.

하나뿐인 형, 수가 노래를 부르는 모습이 너무도 멋져 보이고, 자랑스러웠다.

노래가 끝나자 세 명의 심사위원 모두가 극찬에 가까운 호평을 늘어놓았다.

하나같이 입을 모아 이등병의 편지가 남자들에게 가장 슬픈 노래라며 엄지를 치켜세웠다.

"여보, 우리 아들 참 장하다."

만장일치로 합격을 받고 당당히 예선장을 나서는 수를 보며 어머니는 또 감정이 복받쳤다.

아버지는 그런 어머니의 손을 말없이 잡으시며 눈을 맞췄다.

말은 하지 않으셨지만 전해진다.

우리 아들을 보라.

참 대견하게 잘 키우지 않았나.

그 모습을 보는 것만으로도 지난 젊은 날을 자식들을 위해 투자한 것이 결코 아깝지 않다고 부모는 느끼고 있었다.

준의 안색도 아까보다 훨씬 나아졌다.

아마 자랑스러운 형의 모습을 보고 있으니 잠시나마 통증이 가라앉은 듯했다.

"이 정도면 검색어에 뜨겠어요."

"그게 뭐니?"

스마트폰이 대중화되었다지만 아직 어머니와 아버지는 전자기기 쪽에는 많이 어두우셨다.

하물며 인터넷 검색어라는 말은 신조어니만큼 생소할 수밖에 없었다.

준은 그게 뭔지 자세하게 설명을 해드렸다.

자세히는 이해하지 못했지만 화제의 인물만이 오를 수 있다는 말에 두 분은 좋아하셨다.

"역시, 떴네요."

확인을 해보니 이수와 이등병의 편지가 동시에 올라 있었다.

그만큼 슈퍼스타Z가 화제의 중심으로 오를 영향력을 갖고 있단 뜻이기도 했다.

"근데…… 일등은 아니네요. 이등이에요."

"그래도 장하다, 장해!"

준은 복부를 부여잡고 다음 말을 할까 하다가 말았다.

저리도 좋아하시는데 굳이 괜한 얘기를 꺼내서 초를 칠 필요가 없단 생각에서다.

'역시, 일등은 마지막에 나왔던 박정수구나.'

가면을 쓰고 등장한 것도 모자라 출중한 가창력을 뽐내는 걸 보곤 준도 예상은 했다.

설핏 보이는 외모만 하더라도 가면으로 다 가리지 못할 만큼 훌륭했기에 여성 시청자들의 호기심을 더욱 끌 거라고 여겼다.

"전 이만 쉴게요."

준은 시청을 마치고 소파에서 일어났다.

겨우 버티긴 했지만 더는 견뎌낼 재간이 없었다. 얼른 들어가서 쉬고 싶었다.

"여보, 준이가 많이 안 좋아 보이지 않아요?"

그런 아들의 모습을 보는 어머니의 표정도 밝지가 못했다.

"병원 데려가 봐."

"쟤가 가잔다고 가?"

어머니는 아픈데도 내색을 하지 않는 준을 보며 씁쓸한 마음이 들었다.

특히 최근 들어서 예전과 달라진 몇몇 행동을 보며 그런 불안감은 더욱 커졌다.

자식이 아프면, 부모는 그보다 곱절은 아픈 까닭이다.

*2*

같은 시각.

서울 센브란시스코 병동.

네 명에서 여섯 명이 공동으로 쓰는 일반 병실이 아닌 개인 병실에 진서가 누워 있었다.

"……."

평소 에너지가 넘치던 모습과 달리 눈동자가 퀭했다. 안색이 몹시 좋지 않았는데, 억지로 고통을 참고 있는 모습이다.

"아파."

또다시 시작된 통증에 진서는 이불을 꽉 움켜쥐었다.

앙 다문 입술 사이로 새어져 나오는 신음 소리가 그녀가 지금 느끼는 고통의 깊이가 얼마나 날카로운지 짐작케 했다.

"왜 나냐고…… 왜 하필!"

진서는 생각도 못했다.

최근 컨디션이 좋지 않아 엄마를 따라 병원을 찾아 혈액검사를 받았다.

별일 아닐 거라는 예상과 달리 의사는 심각한 표정으로 정밀 진단을 받아야 한다고 말했다.

걱정이 되긴 했지만 병이라면 조기에 뿌리 뽑을 생각으로 응했다.

며칠 뒤, 검사 결과를 받아 든 진서와 가족들은 절망했다.

"아, 암이라고요?"

그것도 전이가 되어가는 유방암 2기라고 했다.

청천병력과 같은 진단이다.

생리주기에 맞춰서 커졌다 작아졌다 하는 유방의 멍울을 방치했던 것이 그만 악성으로 발달한 것이다.

확진을 받고 나니 통증도 심해졌다.

호스피스 수업 시간에 들었던 내용이 생각났다. 병의 인지 이후 심리적인 영향이 육체에도 미쳐서 더욱 상태가 악화된다고 했었다. 지금 진서는 수업 내용을 몸으로 느끼고 있었다.

의사는 말했다.

항암치료를 받으면 다 나을 수 있다고.

최악의 경우 가슴 절제를 하게 되면 살 방법은 얼마든지 있다고.

긍정적으로 이겨내려고 했지만 마음먹은 대로 그러기가 쉽지 않았다.

몸이 아프니 그리워지는 건 사람이다. 가족은 당연하고, 가깝게 지내던 사람들에게 위로를 받고 싶고, 격려받고 싶어진다.

"……먼저 연락해 볼까?"

진서는 손에 쥔 휴대전화를 만지작거렸다. 몇 번이나 먼저 연락을 해볼까 망설였으나 끝내 먼저 메시지를 보내지 못했다.

무심코 그런 생각이 들었다.

내가 암이라고 하면 선배는 어떤 반응을 보일까.

분명 많이 걱정할 것이다.

수는 좋은 사람이니까.

하지만 병에 걸렸단 걸 밝히고 싶지 않았다.

다른 의미로 수에게 첫 번째가 되고 싶다. 동정을 받고 싶지 않았다.

"나 이제 곧 머리도 빠질 건데……."

예뻐지기 위해서 성형수술까지 마다않던 진서다. 얼굴에 칼을 대긴 했지만 어딜 가더라도 제법 시선을 끌 만한 미모가 되었다.

자신이 있었다.

수에게 향하는 감정의 방향표를 알고는 내 남자로 만들어 보겠다고 다짐했다.

"아름 선배."

그녀는 정말이지 넘을 수 없는 산이었다.

태어났을 때부터 모태미녀였다.

툭 까놓고 말해서 여배우를 해도 부족할 게 없을 만큼 빼어난 미모였다.

암에 걸리지 않았다면, 그녀를 이길 수 있을까?

솔직히 자신이 없다.

그만큼 두 사람은 인정하지 않을 수 없을 만큼 잘 어울리는 한 쌍이었다.

절망의 구렁텅이에서 헤어 나오지 못하던 진서가 고개를 들었다.

별생각 없이 맞춰둔 채널에서 슈퍼스타Z 시즌5 첫 방송이 방영되고 있었다.

진서는 방송 내내 어떤 흥미와 재미도 느끼지 못했다.

본인이 처한 상황이 워낙 간절하다 보니, 저들의 매달림이

가소롭게 느껴졌다.

"재미없어."

가라앉은 통증에 숨을 고르고 채널을 돌리려고 할 때였다.

진서는 브라운관에 등장한 익숙한 누군가에게서 눈을 떼지 못했다.

잘못 본 거야를 중얼거리며 몇 번을 비볐다 떴다 반복했다.

"수 오빠?"

*3*

미션이 주어지고 수와 박정수 두 사람은 함께 저녁을 먹었다.

북적거리던 식당은 한산해졌다.

슈퍼위크에 진출했던 백 명의 참가자가 서른 명 남짓으로 줄었기 때문이다.

"건투를 빌게요. 탑 텐에서 만나요."

같은 조에 속해 있던 안소연은 함께할 수 없음에 아쉬움과 다행스러움을 표하며 짐을 쌌다.

배정 상대로 정해진 김수은의 조원 전부가 탈락했기에 그쪽 객실이 넉넉해졌고, 하루뿐이더라도 남자보단 여자와 생활을 하는 게 맘이 편하기 때문이다.

거실 소파에 앉자마자 수가 말문을 열었다.

"생각해 둔 곡 있어요?"

"딱히 없어요. 부르고 싶은 것도 없고."

수는 솔직히 뭘 불러야 할지 감이 잘 오지 않았다.

잘 부를 수 있는 곡이야 많다.

어떤 참가자와 비교해도 절대 뒤처지지 않을 강점인 감성을 지녔다고 자부하는 바다.

그걸 알면서도 망설이는 이유는 스스로 내세웠던 무기가 발목을 잡을 수 있다는 우려 때문이다.

'심사위원들이 원하는 모습을 우선적으로 보여야 해.'

수가 원하는 곡도 말하지 않고 관심 없이 굴자 박정수가 재차 물었다.

"그 말…… 대단한 자신감처럼 들리네요."

"아아! 그러려고 한 건 아닌데."

수가 어색하게 웃을 때 초인종이 울렸다.

딩동!

"네!"

수가 문을 열고 나가보자 작가가 스태프를 대동하고 오더니 촬영에 관한 걸 통보했다.

"오늘 숙소 안 촬영은 거실에 설치된 카메라를 통해서 녹화될 예정이에요. 미리 알려 드리는 거니, 옷차림이나 노출

부분에 대해서 신경 써주시길 부탁드릴게요."

"아, 네. 알겠습니다."

개개인에 카메라맨이 붙는 것도 방법일 수 있겠으나, 각 객실에서 곡을 결정하고 고심하는 참가자들에게 일일이 맨투맨할 수는 없어 그런 결정을 내린 것 같았다.

수는 좀 전에 들은 말을 박정수에게 알려주곤 아까 못 다한 대화를 이어나갔다.

"정수 씨는 염두에 둔 곡이 있나요?"

"네, 있습니다."

"오, 뭐예요? 궁금하네."

수가 눈을 빛냈다.

기대와 달리 박정수는 전혀 다른 말을 했다.

"이젠 없어요."

"아까는 있다면서요?"

말장난을 하는 것도 아니고, 갑자기 태도를 바꾸자 수가 의아해하며 따졌다.

"있었는데, 마음이 바뀌었거든요. 전 수 씨가 선택하는 곡으로 하겠어요."

"이해가 안 가네. 이러는 이유가 뭔지 물어봐도 돼요?"

도통 속내가 이해가 가지 않는지라 수가 솔직하게 물었다.

"공정하지 못해서요."

"……."

"수 씨 성격상 제가 하자고 하면 바로 응하겠죠. 그게 싫습니다. 왠지 밑지는 기분, 아주 별로예요. 솔직하게 말하면 화가 날 정도입니다."

박정수는 생각을 꺾을 뜻이 없다는 듯 단호하게 말했다. 그만큼 그의 생각은 확고했다.

어째서인지 박정수는 수에게 굉장한 라이벌 의식을 느끼고 있었다.

그건 앞선 조별 미션을 거치면서 드러난 상반된 인간성에서 보인다.

완벽함을 추구하는 박정수의 프라이드는, 뭔가 여유로우면서 넉넉하게 구는 수와는 상극 자체나 다름이 없었다.

노래도 마찬가지였다.

대놓고 말했다시피 박정수는 수의 노래를 인정하지 않았다.

오죽했으면 구닥다리라고 표현을 했을까?

'자존심이 굉장한데? 저러다 지면 어쩌려고…….'

승부 행방은 모른다.

선곡도 되지 않은 상황에서 선불리 승자를 논하기엔 무리가 따른다.

수가 질 수도 있고, 이길 수도 있다.

확실한 건, 이렇게까지 나오는 박정수를 상대로 최선을 다하지 않으면 패배자가 될 수도 있단 위기의식을 수도 느끼고 있다는 것이다.

'그렇다고 순순히 내가 선곡을 하면 지고 들어가는 것 같잖아.'

다른 참가자라면 경쟁에 앞서 원하는 곡을 고를 기회를 절대 저버리지 않을 것이다.

미안한 건 잠깐이지만, 패배자는 떨어지고 승자는 생방송에 진출하여 프로 가수로 데뷔할 기회를 갖기 때문이다.

"우리 이렇게 하는 건 어때요? 이게 제일 공정한 방법 같은데."

수가 타협할 만한 의견을 내놓으려고 하자 박정수도 귀를 기울였다.

"서로가 생각하고 있는 선곡표를 만들죠. 다섯 곡 정도? 그리고 서로 봐요. 이 정도는 될 거 같다 싶으면 오케이를 해요."

"그 다음은?"

"번갈아가면서 서로 고른 곡 제목을 섞어서 1에서 10번까지 쭉 써요. 그리고 결정을 하는 겁니다."

박정수가 똑바로 쳐다본다.

가장 중요한 결정 과정을 어떻게 하냐고 묻고 있는 눈빛이다.

수는 씨익 웃었다.

"연필 굴리기로!"

"……!"

*4*

나 가거든(If I Ieave).

대한민국이 낳은 세계적은 성악가 조수미가 부른 이 곡은 2000년대 초반 방영된 드라마 명성황후의 ost로 선풍적인 인기를 구가했다.

일본 깡패에게 살해를 당한 명성황후의 절절한 사랑과 애환을 담은 곡으로 후에도 여러 가수에 의해 리메이크가 됐다.

여성의 노래인만큼 애절한 보이스와 성악가 조수미의 고음이 조화를 이루는 곡이다.

박정수가 먼저 편곡의 방향에 대해 제시했다.

"제가 생각하는 방향은 이래요. 후렴구를 제외하곤 파트로 나눠 부른 후에, 절정에선 각자의 가창력으로 승부를 보는 거죠."

"좋다고 생각해요. 단, 저는 중도에 내레이션? 대화하는 투로 말을 넣고 싶어요."

수의 의견에 박정수가 인상을 찌푸렸다.

척 보기에도 그가 추구하는 음악적인 색깔에서 어긋났기 때문이다.

"어떤 느낌인지 모르겠네요. 들려주실래요?"

"이런 거죠. 2절 후렴구가 끝나고 반주가 흘러나오죠?"

"네."

"전 이렇게 부를 거 같아요. 그날의 감정을 담아서 말하는 거죠."

수는 잠시 눈을 감고 노래 자체가 품고 있는 가사에 집중을 했다.

'명성황후를 지워야 해.'

ost곡은 참 어렵다.

영상으로 짜인 배역의 이미지에 그만 몰입이 되어버려서 개인적인 해석의 틀을 막기 때문이다.

전혀 다른 의미로 접근을 하기 위해 드라마의 모습을 지웠다.

수의 머릿속엔 다른 여자가 그려진다.

드라마에서 보인 이미지와는 전혀 다르지만, 절개와 고고함은 잃지 않은 모습이다. 마치 철의 여신 같은 모습이다.

바로 조선의 국모 명성황후다.

"나 슬퍼도…… 나 슬퍼도…… 살아야 하네!"

수는 읊조리듯이 울부짖다가 이내 홀이 떠나가듯이 고음을 내질렀다.

죽음 앞에서 꼿꼿하게 죽으려는 여인.

죽어서야만 살 수 있는 여인.

수는 조선의 마지막 국모를 떠올리면서 한껏 울부짖음을 토해냈다.

"……."

시끌벅적하게 여기저기서 편곡과 연습이 한창이던 홀이 고요해졌다.

파도처럼 힘 있게 밀어붙이는 성량과 거칠면서도 한이 맺힌 보이스, 시원스럽지만 특유의 두툼한 톤을 잃지 않는 가창력에 그만 압도된 것이다.

카메라맨과 작가는 그 찰나를 놓치지 않고 넋을 놓은 다른 참가자에게 인터뷰를 했다.

"어떻게 들으셨어요?"

"대단한데요. 잘 부르는 건 알았는데…… 이수 씨랑 안 붙게 된 게 천만다행 같아요."

다른 참가자들의 반응도 다르지 않았다.

"소름 돋네요. 최고, 최고."

"저랑 결승에서 맞붙을 분은 이수 씨밖에 없는 거 같네요."

각기 견해는 달랐지만 하나같이 좀 전에 보인 이수의 폭발력에 극찬을 하지 않았다.

다른 참가자들이 이럴진대 바로 앞에서 노래를 들은 박정수는 어떻겠는가. 좀 전에 보인 수의 가창력은 박정수에게도 충격으로 다가왔다.

나 가거든의 음악적 특색상 자연스럽게 고음 파트가 나올 수밖에 없다.

락발라드 식으로 전개될 수밖에 없는 후반부에는 지금까지 예선을 거치면서 보여준 수의 음악적 색채와 전혀 상반되는 모습을 보여줄 수가 있게 된다.

'능글맞은 자식. 지금까지 보여준 실력이 다가 아니란 거냐?'

물론 고음이라고 하는 것이 노래를 잘하고 못하고의 기준이 되지는 않는다.

하지만 고음을 잘 다루면 분명히 다양한 음악에서 그 재능을 발휘하며, 다룰 수 있는 장르의 폭이 넓어지는 것이 맞다.

그런 의미에서 수는 심사위원들에게 어필할 수 있는 또 한 번의 기회를 갖게 된 셈이다.

수는 주변의 시선은 의식하지 못한 듯 앞서 말했던 의견을 계속 타진해 갔다.

"이런 식으로 하는 건데 어때요?"

"나쁘지 않네요."

박정수는 자존심이 상했다.

충분히 좋게 느껴지는 부분이나, 수를 인정하는 발언은 하지 않았다.

"그럼 여긴 이런 식으로 가죠."

"이수 씨."

"네?"

"고음 어디까지 올라가세요? 3옥타브 도? 3옥타브 레? 아니면 더 올려서 미?"

"내 음역대가 어디더라……."

수는 곰곰이 생각을 해보았다.

라이브 바와 슈퍼스타 예선을 거치며 적지 않은 노래를 불렀지만 3옥타브를 넘어가는 곡은 없었던 걸로 기억한다.

'더 올라가려나?'

본인의 역량에 대해 잘 알지는 못했지만 한 키 내지 두 키 정도는 가능하지 않을까 싶었다.

"잘은 모르겠지만 3옥타브 레까지는 확실히 올라갈 거 같아요."

"그러면 거기를 한계점으로 두고 짜죠."

"네."

박정수는 맨 마지막 절정을 두고 본인이 생각하고 있는 바를 얘기했다.

“좋네요, 그리 가죠.”

수가 동의를 함으로써 편곡에 더욱 탄력이 붙었다.

# Chapter 7

*1*

넉넉한 공간에 안락한 소파가 놓인 이곳은 심사위원 대기실이다.

생방송 무대에 진출할 라이벌 미션의 심사를 앞두고 이곳에 모인 세 심사위원은 제작진을 통해서 오늘 있을 미션 상대에 대한 예상을 내놓고 있었다.

“김수은이 좀 유리하지 않을까요?”

엄지화가 조심스럽게 먼저 의견을 내자 곧장 강정우 심사위원이 말을 받았다.

“분명히 실력은 위긴 한데, 안소연 씨가 또 무대에 강한 면이 있어서."

"뚜껑을 열어봐야 알 거 같은데, 확실한 건 볼만한 승부가 될 거란 거네요."

제작진이 배정한 매치 업에 심사위원들은 하나같이 경악을 금치 못했다.

하나같이 다 극장을 연출한다 해도 이상하지 않을 만큼 비슷한 스타일과 비등한 실력을 지닌 지원자들을 한데 묶어놓은 까닭이다.

이윽고 연출이 다음 배정을 받은 두 명의 지원자를 알려줬다.

"허, 이거 진짜예요? 제작진 잔인하네."

이승현은 둘 중 하나가 떨어질 수밖에 없는 라이벌 미션을 이리 배정한 것에 놀라워했다.

그도 그럴 것이 이 두 사람은 이승현 심사위원이 예상한 우승 후보였다.

"이수와 박정수라…… 한쪽이 길들여지지 않은 야생의 잡초라면, 다른 한쪽은 온실의 화초? 비유가 좀 별로였나."

이승현 심사위원의 말에 잠자코 듣고 있던 강정우가 껴들어서 핀잔을 줬다.

"형, 그건 아니다."

"그지? 내가 말하고도 좀 표현이 쌈빡하게 안 나온다 싶더

라. 네가 해봐."

자연스럽게 강정우에게 바통이 넘어가자 그가 자신의 의견을 피력했다.

"비유를 하자면 선천적 천재와 후천적 천재의 대결이라고 할 수 있겠네요."

"어느 쪽이 선천적이야?"

"그야 당연히 이수 쪽이죠."

"어? 제 의견은 다른데요? 전 박정수 씨가 선천적이고, 이수 씨가 후천적으로 보였어요."

엄지화까지 말을 보태자 누가 어떤 유형의 천재인지를 놓고 세 사람은 오 분 가까이 논담을 벌였다.

종국엔 판단이 서지 않는지 무대를 두고 판가름을 내기로 결심했다.

"마무리 멘트 하나씩만 부탁드릴게요."

다음 라이벌 미션에 참여할 지원자의 평가까지 고려하면 시간이 넉넉지 않기에 마지막으로 수와 박정수에 대한 의견을 물었다.

첫 대답은 엄지화 심사위원다.

"이 둘은 진짜 사기인데. 탈락 여부를 떠나서 너무나 무대가 기대되네요."

두 번째 대답은 강정우 심사위원이다.

"와! 왜 이런 매치를 했을까요? 듣는 저희나 시청자들이야 즐겁겠지만 둘 중 한 사람이 무조건 탈락해야 한다는 게 아쉽네요."

세 번째 대답은 이승현 심사위원이다.

"딴 거 안 보려고요. 재능. 이 둘 중 조금 더…… 근소하게나마 천부적인 사람이 살아남을 겁니다. 나 이승현이 보증하죠."

그 뒤로 몇몇 질문과 평가가 오가고 나서야 인터뷰가 끝이 났다.

"밥이나 먹자. 이따 심사하려면 기진맥진할 거야."

이승현 심사위원은 이미 시즌 1, 2, 3, 4를 경험하면서 심사에 들어가는 체력과 심력 소모가 얼마나 큰지를 체험해 봤다.

꼭 녹화에 들어가기 전에 든든하게 배를 채워야 한다며 밥을 먹었다.

"형, 지화 누나랑 가서 드세요. 전 급한 미팅이 있어서 잠시 자리 비워야 될 거 같아요."

강정우 심사위원이 사정이 있다며 함께하지 못할 뜻을 내비쳤다.

"뭐야, 요새 회사 잘나간다더니 바쁘구나?"

"부러운데. 나도 아이돌에 껴서 어떻게 안 될까?"

"에이! 지화야, 그건 아니지. 요새 애들이 얼마나 핫한데

끼려고 해."

이승현 심사위원과 엄지화 심사위원은 그리 농담을 주고받으면서 대기실을 떠났다.

남겨진 강정우 심사위원이 홀로 나서자 밖에서 기다리고 있던 연출이 눈치를 줬다.

연출과 일정 거리와 시간을 두고 강정우가 향한 곳은 지금은 쓰이지 않는 대기실이었다.

"오셨어요?"

슈퍼스타Z의 총연출을 맡은 이준익PD가 메인작가 전미연과 나란히 앉아 있었다.

"이쪽으로 와서 앉으세요."

강정우 심사위원은 권해주는 자리로 가 앉았다.

시간이 그리 넉넉지 않은 만큼 이준익 연출은 중간 얘기는 생략하고 본론으로 들어갔다.

"부탁드릴게 있어서 오시라 했어요."

"부탁이요?"

"아시겠다시피, 어제 첫 방이 나갔습니다."

"아, 알고 있습니다. 벌써부터 전 시즌 최고 시청률 갱신했다면서요? 축하드립니다."

아침에 스튜디오를 찾아오면서 매니저를 통해 들은 얘기다.

워낙에 이번 시즌에 지원한 참가자들의 면면이 시선과 화제를 끌 만한 요소를 두루 갖춘 까닭에 불과 1화만 방송을 했을 뿐인데도 사람들 입에 오르내리며 반응이 뜨거웠다.

"아, 축하받자고 한 말은 아닌데 감사합니다. 기사를 보셨다면 아시겠지만, 라이벌 미션에 매치된 박정수 씨랑 이수 씨가 크게 화제가 되고 있단 것도 아실 거라고 믿습니다."

"둘 다 스토리가 있고, 기량도 출중하니까요."

강정우 심사위원 역시 눈여겨보고 있는 참가자들이다.

방송이 되면 이 두 사람은 무조건 뜬단 생각을 했고, 할 수만 있다면 지금 그가 운영하고 있는 기획사에 데려올 의향도 있었다.

"그 때문에 부탁드릴 게 있어요."

"부탁?"

"저희가 이미지 메이킹을 하겠지만 아무래도 두 사람을 확실히 구분하기가 쉽지 않거든요. 해서 몇 가지 심사평을 덧붙여서 캐릭터를 확실하게 잡아주셨으면 하고 모셨습니다."

"음."

강정우 심사위원은 잠시 생각에 잠겼다.

어디까지나 이건 쇼 프로그램이다.

극적인 연출을 만들고자 돕는 건 당연했지만, 의도적인 연출은 그도 바라지 않았다.

"정확히 어떤 것인지 말씀해 보세요."

"저희가 추구하는 건 컨셉은 신구(新舊)의 대결입니다. 새것과 헌것…… 그 차이에서 오는 경쟁과 발전이랄까요?"

"어떤 말인지 알겠네요. 그 정도라면 도와드리겠습니다."

강정우 심사위원이 순순히 응했다.

수와 박정수를 보며 그 역시 생각을 했던 부분이기 때문에 동의를 한 것이다.

"감사합니다. 그럼 잘 부탁드리겠습니다."

"저야말로, 좋은 프로그램에 나오게 해줘서 감사하죠. 그럼 이만 일어나겠습니다."

악수를 주고받은 강정우 심사위원에 대기실을 나갔다.

이준익 연출과 메인작가 전미연은 좀 전에 나눈 대화에 대하여 이야기했다.

"어때요? 잘해주겠죠?"

"어, 걱정하지 마. 몇 마디만 나와도 편집만 잘해서 붙이면 돼."

이준익 연출은 자신만만했다.

오디션 프로그램은 실시간 경쟁을 표방하지만, 실제로는 생방송 무대를 제외하면 전적으로 편집에 의존한다. 편집은 어떻게 하느냐에 따라서 실제 모습과 180도 다른 모습을 연출하는 게 가능하다.

"자, 멍하니 있지 말고 가자. 곧 스탠바이하려면 정신없어."

"네, 선배."

두 사람은 일말의 시간도 허비하지 않고 곧장 대기실을 나섰다.

*2*

"하! 오늘따라 이상하게 떨리네."

리허설을 마치고 무대를 내려온 수는 거칠게 뛰는 심장에 손을 얹고 호흡을 다스렸다.

한 차례 조별 미션을 겪었음에도 불구하고 생방송 무대를 두고 겨루는 자리여서 그런지 내심 부담감이 크게 작용을 하고 있었다.

"그럴 때 이거 하나 드세요."

수가 휙 고개를 돌려 보니 안소연이 음료수를 손에 들고 서 있었다.

"주는 거 또 마다하지 않는 성격이라서. 잘 마실게요."

그녀가 건넨 음료수 뚜껑을 따고 벌컥벌컥 들이켰다. 안 그래도 리허설하면서 연이어 발성을 하느라 칼칼했는데 목이 확 뚫린 기분이 들었다.

"소연 씨는 리허설 했어요?"

"다음 차례예요."

대꾸를 하는 내내 안소연은 초조함을 감추지 못했다. 입술은 계속 빨아대고 있으며, 손은 가만두지 못하고 만지작거린다.

"소연 씨."

"네?"

"화이팅."

수는 힘내라는 의미로 가볍게 주먹을 쥐어 보였다.

별거 아닌 위로이자 격려였으나 안소연은 긴장이 살짝 풀어지는 걸 느꼈다.

"수 씨, 그거 알아요?"

"네? 아! 저 잘생긴 거요?"

수가 장난스럽게 대꾸했다.

"풋! 솔직히 수 씨가 잘생긴 얼굴은 아닌 걸요. 좋게 말해서 봐줄 만한 정도?"

"와, 눈이 높으시네. 나 상처받아 버렸어."

수는 여유롭게 너스레를 떨었다.

이런 식의 대화는 서로의 긴장을 풀어주는 데 주효하게 작용을 했다.

특히 리허설을 앞두고 몸이 빳빳하게 굳어 있던 안소연에게 매우 긍정적이었다.

"수 씨는 좋은 사람이에요."

"……!"

갑작스런 칭찬에 수는 다음 말을 어찌 받아야 할지 몰랐다. 안소연이 너무 진지하게 말을 한지라 무슨 말을 해야 할지 당황한 것이다.

"안소연 씨, 준비하세요!"

때마침 FD가 껴들면서 한껏 어색해진 사이가 좀 누그러졌다.

"이제 하려나 보네. 잘해요, 우리 생방송에서 만나는 겁니다."

"네, 수 씨도 파이팅!"

안소연이 주먹을 앙증맞게 쥐어 보였다.

깡마른 체구에 볼에도 살이 없어 귀여운 맛은 없었지만, 그녀 나름대로 풍기는 인상이 참 선해 보이게 만들었다.

'잘할 거야. 무대에 서면 달라지는 타입이니까.'

수는 작별을 고하고 스튜디오를 나섰다.

식당을 찾아서 목이 상하지 않는 몇 가지 과일과 음료, 스프로 끼니를 때웠다.

포만감이 올 때보다 살짝 허기가 졌을 때 배에 힘이 잘 들어가고 노래가 잘 불러지는 까닭이다.

다시 스튜디오 대기실로 올라온 수와 박정수는 마지막으로 입을 맞췄다.

한 치의 오차도 없이 완벽하게 듀오를 보이고 나자 박정수가 고개를 돌려 버렸다.

조금 전까지 노래를 주고받던 게 믿기지 않을 만큼 냉랭하다.

'어디까지나 경쟁이라 이거지?'

수는 딱히 신경을 쓰지 않았다.

저렇게 대놓고 티를 내지 않아도 두 사람은 이미 경쟁 관계다.

누가 합격을 하고 탈락을 하느냐는 무대에서 결판이 나는 거다.

마지막 무대를 앞두고 인터뷰가 이어졌다.

따로 마련된 룸으로 이동을 해서 작가가 몇 가지 질문을 해 왔다.

"이길 수 있냐고요? 대답은 모르겠어요. 지금은 좋은 무대를 만드는 데 주력하려고요."

수는 승부에 연연하지 않았다.

그런 모습이 작가에게 이상하게 비쳤다.

"가끔 보면 수 씨는 올라가고 싶은 마음이 없어 보일 때가 있어요. 속내를 감추고 계신 건가요?"

"감춘다라……."

그러고 보면 예선부터 슈퍼위크까지 오면서 수는 한 번도 조바심을 내거나 초조한 기색을 보인 적이 없다.

조별 미션에서도 어수룩한 안소연을 격려하며, 막내 어경준까지 두루 챙기는 모습까지 보였다.

경쟁보다는 공생을 보이는 모습이 아무래도 신기하게 비쳐졌나 보다.

"제 생각은 이래요."

"……."

"갈 사람은 가지 않을까요?"

오히려 질문을 던지는 수의 태도는 연륜 있는 가수의 모습과 같았다.

누구와의 비교에도 굴하지 않고 스스로의 노래에 자부심을 갖고 하나의 틀을 섭렵한 그런 종가의 모습이 설핏 보였다.

"인터뷰 끝났죠? 수고하세요."

*3*

"스탠바이 큐!"

FD의 말이 떨어지기가 무섭게 녹화가 시작됐다.

생방송 진출자를 가리는 슈퍼위크 마지막 미션 무대가 막이 오른 것이다.

작가들에 의해 임의적으로 짜진 순서대로 배틀이 진행됐다.

수와 박정수보다 안소연의 무대가 빨랐다.

대기실의 참가자들이 실시간으로 모니터를 통해 볼 수 있게 방송이 되었다.

그들은 막바지 마인드 컨트롤을 하면서 먼저 무대에 선 참가자들을 보며 각오를 다졌다.

"안소연 씨, 김수은 씨. 무대로 올라가 주세요."

미리 호출을 받고 스튜디오 뒤편에서 대기 중이던 두 사람이 무대에 올랐다.

조별 미션 때에 이어 두 번째 오르는 무대임에도 적응이 되기는커녕 긴장감은 두 배, 아니, 세 배 이상이었다.

"잘하셔야 할 텐데."

아직 순번에 여유가 남은 수는 모니터를 통해 보이는 안소연의 모습을 걱정스럽게 보고 있었다.

"슈퍼스타Z의 최고 비주얼 두 분이 붙으셨네요."

강정우 심사위원이 칭찬을 하면서 최대한 분위기를 누그러뜨릴 때였다.

지금껏 누가 먼저 묻기 전에는 대답을 절대 하지 않던 안소연이 마이크에 대고 말했다.

"솔직히 예쁜 걸로 치면 수은 씨가 더 예뻐요. 노래는 제가 더 잘하지만."

"와우! 우리가 아는 안소연 씨 맞나요? 그런 말을 다 하시다니."

이승현 심사위원이 달라진 안소연의 모습에 놀라서 묻자 그녀는 옅게 웃어 보였다.

대기실에서 모니터를 통해서 그걸 보고 있던 수도 따라 웃었다.

"역시, 소연 씨는 무대 체질이라니까. 노린 건 아닐 거고, 스스로 긴장을 풀기 위한 방법이었겠지."

안 그래도 김수은이 옆에서 못마땅한 표정을 짓고 있었으나 딱히 표현을 하진 못했다. 그것만으로도 기세에서 우위를 점한 것과 진배가 없다.

"진짜 누가 더 노래를 잘하는지 들어볼까요?"

이승현 심사위원의 말이 끝나기가 무섭게 반주가 흘러나왔다.

왁스(wax)가 부른 화장을 고치고 라는 곡이다.

한때 얼굴 없는 가수로 데뷔를 한 왁스의 첫 발라드 곡으로 당시 붐이 일었던 뮤직비디오와 더불어서 큰 인기를 끌었다.

리허설을 보지 못했던 수에게 있어서도 이 선곡은 꽤나 의외였다.

'힘 있고 파워풀한 대결로 갈 줄 알았는데, 전형적인 발라드를 부를 줄은 몰랐어.'

두 참가자는 이렇게 말하고 있는 것 같았다.

우리 둘 다 고음은 자신이 있다.

또 애절한 중저음도 마찬가지로 잘 부를 자신이 있다며 어필을 하고 있는 것 같았다.

이럴 경우는 정말 잘하는 쪽이 승리한다고밖에 볼 수가 없다.

노래는 점차 고조가 되어갔다.

이별의 아픔을 곡조 있게 잘 표현하며 탄탄한 중저음을 선보였다.

'우열을 가리기 힘들어.'

모니터를 통해 보이는 심사위원들의 표정도 하나같이 노래에 젖어 있었다.

그만큼 깊게 몰입이 되어 있다는 뜻으로 꽤 완성도 있는 무대였다.

하지만 그런 몰입은 점차 뒷부분으로 갈수록 무너지기 시작했다.

후렴 부분을 열창하던 김수은이 그만 감정에 취해 한 키 높게 불러 버린 것이다.

그녀가 아차 싶어 얼른 다시 키를 내렸다.

크게 티가 나지 않았으니 모르고 넘어가지는 않았을까 눈치를 살폈다.

"……."

하나, 이미 세 심사위원의 표정은 딱딱하게 굳어 있었다.

일평생을 음악과 살아온 그들의 귀를 속이기엔 호락호락하지가 않았다.

"감사합니다."

노래가 끝나고 두 사람은 무대 정중앙에 섰다. 그러자 심사평이 이어졌다.

"수은 씨, 마지막에 오버 페이스였죠?"

"네……."

"화음에서도 키 잘못 잡았고요."

김수은은 당장에라도 울 것 같은 얼굴을 하고선 고개를 끄덕였다.

요행을 바랐건만 역시나 심사위원들은 그걸 놓치지 않았다.

강정우 심사위원이 말했다.

"훌륭한 무대였어요, 근래 들어 이만한 여성 듀엣을 봤을까 싶을 만큼. 근데 역시 옥의 티로 수은 씨의 실수가 눈에 띄네요."

"……."

악평이 이어질수록 김수은의 낯빛은 하얗게 질려갔다.

여기까지 어떻게 올라왔는데, 한 번의 실수로 그만 이런 사태를 초래했다 보니 좌절을 주체할 수가 없었다.

결국 김수은은 용기를 내서 울먹이는 목소리로 애원을 했다.

"저…… 한 번만 봐주면 안 돼요? 진짜 다음부터 잘할게요."

너무 뜻밖의 부탁이라 세 명의 심사위원이 얼떨떨한 표정을 지었다.

"죄송하지만, 다음은 없습니다."

"……."

이승현 심사위원이 매정하다사피 딱 잘라 말하자, 보다 못한 엄지화 심사위원이 나서서 말을 받았다.

"수은 씨가 앞으로 나가야 할 무대는 프로의 무대예요. 거기선 다음이 없어요. 지금 보여준 무대, 단 한 번으로 평가를 받는 잔인한 곳이죠. 아쉽게도 다음이란 없어요."

딱 선을 긋자 더는 김수은도 매달리지 못했다.

이어지는 심사평은 안소연에 대한 것이었는데, 가장 먼저 마이크를 잡은 것은 강정우 심사위원이었다.

“소연 씨는 큰 실수가 없었죠?”

“네.”

“근데 더 잘하는 모습을 보여주지도 못했어요.”

“……!”

당당하게 서 있던 안소연의 표정이 급속도로 어두워졌다.

“정말 우열을 가리기 힘들어요. 굳이 누가 더 낫나를 따지자면 타고난 보이스의 차이 정도네요. 그만큼 박빙이란 소립니다.”

“그래? 난 좀 다른데. 오늘 제가 보기엔 소연 씨가 더 좋았어요.”

갑자기 껴든 이승현 심사위원의 심사평에 다시 분위기가 반전이 됐다.

“정확히 뭐가 좋았냐? 발전하는 모습이 좋았어요.”

“아하!”

강정우 심사위원도 동의를 한다는 듯 고개를 끄덕였다.

“쳇! 제가 이 다음에 할 멘트였었는데, 빼앗기고 말았네요.”

“이러다 누가 먼저 심사평해야 할지 특허등록도 해야겠는데요?”

엄지화까지 껴들며 거들자 잠시 분위기가 풀렸다.

대체적으로 안소연에게 옹호적인 평이 김수은보다 많았다.

잠시간의 회의를 통해 심사위원들은 최종 선택을 했다.

"승리자는……."

절로 손에 땀이 쥐어지는 기다림이다.

합격자를 말하려는 엄지화를 바라보는 두 여자의 눈길은 간절했다.

"안소연 씨입니다. 축하드립니다."

"아……."

생방송 무대 진출을 확정지은 안소연은 그만 다리에 힘이 풀려 버렸다.

"소연 씨!"

털썩 주저앉은 그녀를 보고 놀란 스태프들이 뛰어올라 가서 부축을 했다.

"괘, 괜찮아요. 긴장이 풀려서 그만…… 자주 이래요. 좀 지나면 나아요."

덩달아 놀란 심사위원들은 오히려 괜찮다는 안소연의 말에 박장대소를 터뜨렸다.

"역시 무대에서만 달라진다니까. 생방송 무대에서도 얼마나 파격적인 변신을 보여줄지 기대하겠습니다. 수고하셨습니다."

"네, 감사합니다."

부축을 받으며 무대를 내려온 안소연은 너무 기뻤으나 내색은 하지 않았다.

선의의 경쟁을 벌이며 만 이틀을 함께 보낸 김수은을 위로하고자 함이다.

그 모습까지 모니터를 통해 지켜보고 있던 수 역시 본인이 진출한 기분이 들 만큼 기뻤다.

'탑 텐에 든 거 축하해요. 저도 곧 따라가렵니다. 기다리고 있어요.'

여기까지 온 이상 수도 질 뜻은 없단 걸 내비칠 때였다.

스타프가 드디어 두 사람의 이름을 호명했다.

"이수 씨, 박정수 씨 대기해 주세요!"

먼저라 할 것 없이 의자를 박차고 일어나 대기실을 나서는 두 사람의 모습엔 자신감이 묻어나고 있었다.

마치 승자는 당연히 자신이라고 말하는 듯한 모습이다.

# Chapter 8

*1*

"오! 드디어 주인공들이 등장했네."

선글라스를 내려 쓴 이승현 심사위원의 눈에 이채가 서렸다.

무대 위에 올라온 두 남자 수와 박정수를 보자마자 기대감이 상승한 것이다.

"안녕하세요, 이수입니다."

"박정수입니다."

차례대로 인사를 해오자 강정우 심사위원이 마이크를 잡았다.

"두 사람 때문에 지금 밖에 난리 난 거 알아요?"

"네?"

수가 영문을 모르겠다는 듯이 반문을 하자 이승현 심사위원이 껴들었다.

"첫 방 나가고 두 사람이 포털 검색어를 도배했어요."

"……!"

"기분이 어떤가요? 화제의 중심에 선 기분이."

"어, 얼떨떨하네요."

수가 믿기지 않는다는 듯이 대꾸를 하자, 이어서 박정수도 따라서 대답했다.

"저도요."

차분한 박정수와 달리 수는 정신이 없었다.

슈퍼스타Z에 출연을 하면 자연스럽게 유명세를 탈 거라고 예상은 했다.

그런데 실시간 검색어에 오를 거라는 기대는 하지 못했다.

"박정수 씨는 탑 텐에 올라가면 가면 벗는다고 하셨죠?"

"네."

"그러려면 이수 씨를 꺾어야 되겠고요."

"……."

박정수는 대답 대신에 슬쩍 수를 한 번 쳐다봤다. 물러섬이 없는 눈빛은 결단코 이 승부에서 이기겠단 집념이 느껴졌다.

"그보다 이수 씨."

"네."

"이수 씨를 슈퍼스타Z에 참가시켰다는 환자 분이 88년도 가수왕 김강진 씨라는 게 진짠가요?"

"……!"

수는 놀란 표정을 감추지 못했다.

지금까지 오면서 호스피스로서 처음 돌봤던 환자이자, 이 자리에 있게 만들어준 김강진에 대해서는 한마디의 언급도 하지 않았다.

만족할 만한 성과도 없이 그를 언급하는 것이 예의가 아니란 생각에서다.

'호스피스 병동에 왔을 때 알아낸 건가?'

촬영에 동의하는 게 아니었다고 후회를 했지만 이미 강을 건넌 뒤였다.

"네, 맞습니다."

"이거 꽤 놀랍네요. 김강진 선배님은 저하고도 꽤 알고 지내던 사이거든요. 근데 설마 이리 허망하게 돌아가셨을 줄이야."

"참 좋은 선배셨죠. 후배들에게만큼은 노래에 대한 조언도 아끼시지 않던."

"……."

수는 감정이 복받쳐 오르는 걸 느꼈다.

다른 누구도 아닌 발라드의 황태자라고 불리는 이승현이 선배라고 존칭을 쓰며, 친분이 있었다고 말을 하고 있다.

그뿐이랴, 대한민국에서 손꼽히는 기획사를 운영 중인 강정우도 동조를 하며 그를 칭찬한다.

'아저씨, 듣고 있어? 여기 아저씨가 그토록 서 있고 싶었던 무대 위에 아저씨를 기억하고 있는 사람들이 있어.'

수는 경합을 앞두고 목이 잠길까 두려워 애써 감정을 컨트롤했다.

"전 이거 끝까지 감추려고 했습니다."

"왜죠?"

"돌아가신 아저씨에 대한 예의가 아니라고 생각을 했거든요. 근데 생각이 바뀌었어요."

"어떻게요?"

말이 끝나기가 무섭게 부메랑처럼 되돌아오는 질문에 수는 감정을 다스리며 차분하게 대답했다.

"이 기타는 아저씨의 유품이에요."

"……."

"돌아가시기 직전까지 후회가 많으셨어요. 왜 그리 인생을 허무하게 사셨을까. 하루에도 몇 번씩 곱씹으면서 후회하셨어요."

지금 슈퍼스타Z에 참가한 지원자들에게 김강진은 생소한 인물이다. 대다수가 그 시기에 태어났거나, 태어나지도 않았기 때문이다.

그러나 세 명의 심사위원은 달랐다.

시대적인 차이는 다소 있었지만 김강진도 그들도 데뷔가 20년 가까이 된 만큼 가요 무대에서든 어디서든 한 번씩 마주친 안면이 있는 사이였다.

"저요, 좀 전까지도 왜 이 무대에 서 있는지 알지 못했습니다. 그저 주어진 때에 맞춰서 지내다 보니 지금 이 자리에 서 있네요."

"……!"

자칫 반감을 살 수 있는 말이다.

달리 표현을 하자면 인생을 걸고 슈퍼스타Z에 도전을 한 이들과 비교를 하면 어떠한 각오도 없이 운이 좋아 잘 풀린 격으로 비칠 수도 있었다.

"이젠 확실해졌어요. 아저씨가 후회를 남긴 몫만큼, 딱 그만큼 무대에서 노래 부르고 싶어졌다는 걸요."

수의 말이 끝나자 엄지화가 말을 곱씹으면서 재차 물었다.

"본인은 무대에 서고 싶단 욕심이 없단 뜻으로 들리는데, 제가 잘못 들은 건가요?"

"아뇨, 맞아요."

"음."

"단지, 확인하고 싶어요. 좀 더 위에 올라가서, 아저씨가 있던 자리에서 느껴보고 싶어요."

"그 말은…… 우승을 하겠단 말로 들리네요."

"네, 하려고요."

"……!"

"그 자리가 아니면, 제가 노래를 부르는 이유를 확실히 알지 못할 거 같습니다."

수가 대꾸를 하며 웃었다. 너무도 자신만만하게.

그러자 옆에 서서 대화를 지켜보던 박정수의 표정이 싸늘하게 식었다.

감히 제깟 놈이 우승을 운운한다는 사실에 기가 찬 듯 보였다.

"광오한 대답이네요. 다른 지원자가 그리 말했다면 웃고 넘겼겠지만, 왠지 수 씨가 그리 말하니 기대가 되네요. 그러면! 여담은 이쯤 할까요?"

"네."

"이건 어디까지나 경쟁이죠. 우승을 언급했지만 지금 이 자리에서 아쉽게도 둘 중 한 사람은 떨어져야 합니다. 허풍인지 실력인지 판가름은 이 무대를 통해서 나올 겁니다. 밴드, 반주 주세요."

이승현 심사위원의 말이 끝나자 전주가 흘러나왔다.

나 가거든(If I Ieave).

한국인의 정서를 건드는 마력을 지닌 전주에 절로 몰입을 하게 된다.

딩, 디잉!

수는 한국적 소리에 기타의 선율을 얹었다.

어울리지 않을 거란 예상을 보기 좋게 깨버리면서 조화를 이룬다.

동시에 수가 입을 열며 첫 구절을 부르기 시작했다.

*쓸쓸한 달빛 아래 내 그림자 하나 생기거든*

*그땐 말해볼까요 이 마음 들어나 주라고*

아이돌 가수들이 판을 치는 현대 가요에서 보기 힘든 서정적인 가사다.

한 많은 명성황후의 일기를 읊듯 수는 차분하지만 고즈넉하게 표현한다.

심사위원들뿐만 아니라, 대기실에서 모니터를 통해 지켜보는 참가자들도 절로 빠져들게 만드는 마성의 목소리였다.

이윽고 다음 구절을 박정수가 받았다.

*문득 새벽을 알리는 그 바람 하나가 지나거든*

*그저 한숨 쉬듯 물어볼까요 나는 왜 살고 있는지*

아!

이토록 노래가 깔끔할 수가 있는 건지 묻고 싶다.

박정수의 발성은 티끌만큼의 흐트러짐도 어긋남도 없이 정확하다.

그러면서도 감정을 놓치지 않는다.

한껏 몰입하여 그 쓸쓸함과 외로움을 한가득 배여서 내보냈다.

*나 슬퍼도 살아야 하네 나 슬퍼서 살아야 하네*

*이 삶이 다하고 나야 알 텐데*

*내가 이 세상을 다녀간 그 이유*

박정수가 부른 구절이 더 없이 깨끗한 청정수를 연상케 했다면 수는 흐르는 강을 떠오르게 한다.

강은 얼핏 보면 아주 잔잔해 보인다.

하나 강심을 들여다보면 더없이 빠른 급류가 흐르고 있다.

지금의 수가 딱 그렇다.

슬퍼도 살아야 한다며 애처로운 심정을 노래하는 걸로 보이나, 그 이면에 감춰진 명성황후의 곧은 심지가 전해진다.

"아!"

엄지화가 탄성을 내질렀다.

순수한 감탄.

억지로 끌려가다시피 그녀의 감정이란 놈이 멋대로 반응을 하며 요동치고 있었다.

*나 가고 기억하는 이*

*내 슬픔까지도 사랑했다 말해주길*

박정수의 고음은 역시나 매끄럽다.

후렴구의 마지막 기억하는 이에선 치고 올라가면서도, 감정의 고조를 한껏 풍부하게 느끼게 만든다.

또한 오버스럽지 않게 마지막 말을 속삭이듯이 부르며 다음 구절에 대한 기대감을 부풀게 만든다.

딩, 디잉! 딩딩!

수가 현란한 기타 주법을 자랑하며 연주한다.

자칫 분위기를 깰 수도 있을 만큼 현란하고 경망스러운 연주다.

그런데 누구 하나 그렇게 생각지 않는다.

어색함 따위를 느낄 틈도 없이 화려한 연주에 빨려 들어간다.

심사위원들은 눈을 떼지 못했다.

저 연주를 통해서 곡의 분위기를 더 극적으로 고조시켰기 때문이다.

또한 원곡과 다른 수의 편곡이 곁들여졌다.

*나 슬퍼도 (살아야 하네)*
*나 슬퍼도 살아야 하네*
*이 삶이 다하고 나야 알 텐데*

명성황후의 삶이 이랬을까?

한 나라의 국모로서,

슬퍼서도 살아야 하며, 죽어서도 살아남아야 하는.

수의 감정은 격해질 대로 치달았다.

끓는 활화산만큼이나 폭발해 버린 감정은 그 깊이를 알 수 없을 만큼 격렬했다.

갈라지는 듯한 수의 고음은 깨끗하진 않았지만, 전율을 일으키고 소름을 돋게 만들었다.

잘 불러서 노래가 아니다.

그의 노래를 듣고 있으면 심장을 강하게 움켜쥐고 감정의 도가니로 밀어 넣는 것 같은 착각마저 들었다.

*내가 이 세상을 다녀간 그 이유*

*나 가고 기억하는 이*

*내 슬픔까지도 사랑했다 말해주길*

마지막 구절은 수와 박정수가 번갈아가면서 불렀다.

가장 고음 부분은 박정수가 매끄럽게 구사를 하고, 수가 화음을 넣으며 맞춰주는 방식이다.

"대, 대단해."

모니터를 통해서 실시간으로 지켜보던 안소연은 감탄을 금치 못했다.

지금 보여주는 화음은 그녀의 등골을 오싹하게 만들 만큼 전율적이었다.

"느껴져. 명성황후가 지키고자 했던 것, 그리고 여자로서 짊어져야 할 수밖에 없던 고단함이……."

사람들은 이 노래를 들으며 흔히들 착각을 한다.

드라마를 통해 명성황후의 곁에 있던 두 남자 고종과 호위무사가 이 노래에서 표현하고 있는 사랑하는 이라고 의견이 분분했다.

안소연도 그리 생각을 했다.

사춘기 시절 본 이 드라마에서 그녀가 느낀 감정은 사랑이었으니까.

한데 이 노래를 듣고 나서 깨달았다.

"명성황후가 진정 사랑했던 건 조선이었을 거야. 바보같이 그걸 모르고 있었다니."

쫙 뻗어 올라가는 박정수의 고음이 한 여자로서의 삶과 고단함을 담는다면, 수는 조선의 국모로서 짊어져야 할 그녀의 인생을 담고 있었다.

노래는 그렇게 끝이 나는가 했다.

너무도 몰입도 있고 가슴을 뭉클하게 만드는 노래였기에 아쉬움도 크게 느껴질 수밖에 없을 때였다.

수가 마이크를 양손으로 고쳐 잡았다.

놀랄 틈도 없이 이어지는 울분을 토하는 듯한 소리.

성난 울부짖음!

미친 듯이 치고 올라가는 고음을 떠나서 갈라지듯 애절한 목소리가 말한다.

조선을 잃은 분노를!

절로 숙연해지게 만드는 그 포효를 끝으로 노래는 아쉬운 끝을 고했다.

"감사합니다."

"……."

마지막 마무리 멘트까지 날렸음에도 불구하고 스튜디오는

정적으로 가득 차 있었다.

곡에 너무 몰입한 나머지 할 말을 잃고 있던 세 명의 심사위원을 번쩍 정신 들게 만든 건 스튜디오 밖에서 들려오는 박수와 함성 소리였다.

짝짝!

"와아아아!"

"최고다, 최고야!"

대기실에서 지켜보던 참가자들이 격동하는 감정을 이기지 못한 것이다.

덕분에 가장 먼저 정신이 돌아온 이승현 심사위원이 입을 열었다.

"어…… 그…… 무슨 말이 더 필요하죠? 밖에 들리는 저 소리가 모든 걸 말해주는데요."

독설가로 이름이 자자한 이승현 심사위원조차 인정하지 않을 수가 없는 최고의 무대란 의미다.

평소 말수가 없는 편이던 엄지화 심사위원이 말을 보탰다.

"두 분께 정말로 고마워요."

"……."

"이런 노래를 들을 수 있단 거, 가수인 제게도 큰 행운이었던 거 같아요. 다시 한 번 더 고마워요."

심사위원 엄지화조차 절로 수긍이 가고, 더 듣고 싶어지는 노래라니.

그뿐이랴, 이승현 심사위원의 극찬까지 곁들여지면 역대 최고의 반응이라고 해도 무관하다.

강정우가 마이크를 잡았다.

“노래가 끝나는 게 아쉽다고 느끼긴 정말 오랜만이에요. 두 분 도대체 무슨 마술을 부린 거죠?”

쏟아지는 칭찬 릴레이에 수의 표정이 한결 밝아졌다.

악평을 듣지 않을 거라곤 예상은 했지만 이 정도는 생각이상이었다.

“근데요, 노래가 끝난 것보다 더 아쉬운 건 두 사람 중 한 명이 이 무대에서 탈락해야 한다는 거예요. 참 잔인하죠?”

“……!”

그만 잃고 있던 현실을 강정우가 일깨워 줬다. 동시에 평가를 시작했다.

“박정수 씨는 참 못하는 게 없네요. 솔직히 말하면 지금 당장 데뷔를 해도 이상할 게 없는 실력입니다.”

“감사합니다.”

“이수 씨도 마찬가지예요. 근데 둘의 결정적인 차이를 들자면…… 이수 씨가 좀 더 올드한 면이 있어요. 그에 반해 박정수 씨는 좀 더 트렌드에 어울리는 발성과 소리를 다룰 줄 알아요.”

"……."

수는 심사평에 그저 입을 다물고 있었다.

결과는 나오지 않았기에 일희일비하진 않았으나 평가가 썩 좋게 들리지는 않았다.

피식.

보이지 않게, 아주 미묘하게 박정수의 입가가 비틀렸다.

굳이 표현을 하지 않았지만 마치 이 게임의 승자는 나라고 말하는 듯한 표정이다.

그때 이승현 심사위원이 말을 덧붙였다.

"박정수 씨는 어떤 스타일이랄까, 듣는 사람을 편안하게 만드는? 듣는 이로 하여금 다가오게 하여서 마음을 동하게 만드는 느낌이에요."

"……."

박정수의 우쭐거림이 전해진다.

비록 가면에 가려져 있다지만 눈이 웃고 있단 걸 짐작케 한다.

"이수 씨는 그 반대 같네요. 성큼성큼 다가오더니 사람의 감정을 잡고 뿌리 채 흔들어요. 원치 않더라도 빨려들게 만드는 마력이랄까. 이런 강제적인 강요…… 싫지 않아요. 김강진 선배님이 그러셨던 것을 또 느낄 줄 몰랐네요."

수는 가슴이 벅차올랐다.

다른 누구도 아닌 수에게만큼은 김강진은 우상이다. 그와 비교를 받은 것만으로도 몹시 기뻤다.

'제길, 저딴 게 뭐 대수라고.'

그에 반해 가면 속 박정수의 표정은 좋지 않았다.

'지겹게 들어온 보이스야. 저건 대중이 원하는 스타일이 아니라고!'

끝내 박정수는 인정과 동의를 하지 못하는 모습을 보였다.

"일단 회의를 좀 하죠."

양해를 구한 세 심사위원이 의견 교환에 돌입했다.

역대 시즌5까지 오면서 가장 훌륭하고, 치열한 무대인만큼 평소 합격자를 결정하던 회의 시간을 훌쩍 넘어갔다.

그럴수록 수의 초조함은 더해갔다.

'이길 수 있을까?'

최선을 다했다.

죽은 김강진이 듣더라도 부끄럽지 않을 만큼 최선을 다해서 열창을 했다.

판단은 오로지 심사위원들에게 달려 있었지만 실망스럽지 않을 거라고 내심 자부했다.

'어? 저 표정은 뭐지?'

수는 우연히 박정수의 의미심장한 미소를 보고야 말았다.

가면에 가려져 온전히 속마음을 읽을 순 없었지만 그 눈빛과 한쪽으로 올라가 있는 입술은 짐작컨대 이렇게 말하고 있는 것 같았다.

"넌 날 절대로 못 이겨."

수는 저 자신감이 갑자기 무섭게 느껴졌다.

'자기가 나보다 뛰어나다고 확신을 하는 건가? 그럴 수 있어. 있는데…….'

이틀간 겪은 박정수는 누구보다 자존감이 강하다. 또한 누구보다 뛰어나단 자신감이 충만하며, 그에 걸맞은 능력도 겸비하고 있다.

그렇다고 한들, 지금 박정수의 확신에 찬 눈빛은 어딘지 모르게 달랐다.

'절대 지지 않을 거란 확신이야. 어째서? 패배를 의심하지 않는 저리 단단한 확신을 어떻게 가질 수가 있는 거지?'

그러한 의심의 골이 깊어질 때였다.

회의를 마치기가 무섭게 이승현 심사위원이 마이크를 집었다.

"우선 결과를 발표하기 전에 제작진에게 묻고 싶은 게 있습니다."

예상치 못한 심사위원들의 반응에 다시 좌중의 공기가 가라앉았다.

촬영을 진두지휘하고 있던 이준익 연출이 나서서 말을 받았다.

"말씀하세요."

"꼭 두 사람 중 한 명을 탈락시켜야 하나요?"

"……."

"이 정도 실력자들을 탈락시키는 건 좀 부당하다고 생각되네요. 룰도 중요하다지만, 프로그램이 추구하는 취지에 어긋나는 거 같아서요."

이승현 심사위원의 말에 이준익 연출의 얼굴에 곤란함이 서렸다.

이건 쉽게 볼 문제가 아니다.

심사위원의 말대로 누구나 동의할 만한 실력을 지닌 참가자를 합격시키는 일인데 뭐가 잘못됐냐고 물으면 할 말이 없다.

슈퍼스타Z는 대국민에게 희망을 주고, 기회를 주는 장이니까.

하지만 룰은 공평해야 한다.

한 번 형평성이 어긋나기 시작을 한다면 뒤이어 쏟아지는 불만을 잠재울 수가 없는 까닭이다.

"어떻게 안 될까요?"

"룰은 지켜져야 하겠지만, 두 사람 중 한 사람이라도 잃는 건 너무 손해예요."

"……."

심사위원들이 나서서 설득을 하자 이준익 연출의 고민은 더 깊어졌다.

'이거 참 골치 아프네.'

라이벌 미션을 통해서 극적인 구도를 만드는 데 성공했다.

이건 어디까지나 수를 대입시켜서 더욱 박정수를 돋보이게 만들려는 계산이었다.

그런데 상황이 묘하게 뒤바뀌었다. 주역이 되어야 할 박정수를 조연으로 밀어낼 만큼 수가 압도적인 존재감을 보이고 있는 것이다.

'어떤 모양새가 보기 좋을까?'

이준익 연출은 빠르게 머리를 굴렸다.

심사위원들에겐 미리 패자부활전에 대하여 언급을 했다.

블랙위크라고 하여 라이벌 미션에 진 패배자들을 경쟁시켜 다시 슈퍼위크에 진출하게 만드는 시스템이다.

그걸 알면서도 이리 강력하게 동반 합격을 요구하는 걸 보며 그만큼 이수와 박정수의 실력이 상대를 찾기 어려울 만큼 빼어나다는 의미이기도 했다.

"어떻게, 가능하겠습니까?"

이승현 심사위원이 재차 물었다.

이젠 정말 결정을 내려야 할 때다.

"제 대답은……."

# Chapter 9

*1*

"저 다녀왔습니다."

현관문을 열고 들어선 수를 향해 가족들이 일제히 달려들었다.

"수야! 어떻게 됐니? 붙은 거야?"

"그게……."

수의 낯빛이 어두워졌다. 고개를 똑바로 들지 못하고 시선을 바닥에 고정시키며 시무룩해졌다.

어머니의 눈가에 아쉬움이 스쳤다.

그것만으로도 결과를 능히 짐작할 수 있었다.

'실망하면 안 돼. 나보다 아들이 더 실망했을 거야.'

내심 기대를 하고 있던 터라 아쉬운 마음이 컸지만, 내색하지 않고 수를 위로하려고 할 때였다.

"붙었어요."

"뭐?"

되묻는 가족들을 보던 수가 씨익 웃으면서 고개를 들었다.

"생방송에 진출했다고요!"

"……!"

누가 먼저라 할 것도 없이 온 가족이 손을 붙잡고 방방 뛰었다.

감정 표현 무디기로 둘째가라면 서러운 아버지조차 기쁨을 감추지 못했다.

"장하다, 우리 아들! 최고야!"

"우리 형 맞지? 이제 연예인이라고 불러야 하는 거야?"

동생 준까지 나서서 호들갑을 떨자 수는 어색하게 웃었다.

"아직 그러기는 일러. 생방송 무대라고 해봐야 경쟁이 끝난 게 아니거든."

"방심하지 않겠다 이거야?"

"아니, 우승하겠단 소리지."

자신만만하게 포부를 밝히는 수를 보며 가족들 입가에도 함박 미소가 지어졌다.

"앉아, 앉아서 얘기 듣자구나."

어머니는 기쁨을 주체하지 못하고는 수의 손을 꼭 잡고 거실로 왔다.

문득 어머니의 손길을 느끼던 수는 주름진 손등을 보게 됐다.

'주름이 더 느셨구나.'

그간 형제를 키우느라 부단히 애쓰신 어머니다.

갱년기에도 아침만큼은 새 밥에 따뜻한 국 한술을 먹어야 한다며 새벽에 꼬박꼬박 일어나 찬물에 쌀을 씻기셨던 분이다.

이제야 그런 어머니의 고생이 보여 그저 죄송할 따름이다.

"형, 어떻게 된 거야? 얘기 좀 해줘."

"그냥 진출한 거지. 나중에 방송하면 그때 봐."

대수롭지 않게 얘기를 하고 있지만, 당시의 상황을 모르는 가족들은 몹시 궁금한 듯 보였다.

"그러지 말고 얘기 좀 해봐라. 어미도 궁금하다."

"그래. 거 좀 말해라."

어머니와 아버지까지 나서서 닦달을 하자 수가 머뭇거리자 준이 나서서 졸랐다.

"빨리! 탑 텐 진출한 얘기 좀 해줘!"

"어디서부터 얘기를 꺼내야 할까. 아! 준아, 네가 방금 탑 텐이라고 했지?"

"응."

"거기서부터 잘못된 거야."

"뭐가?"

말뜻을 이해하지 못한 준이 반문을 했다.

수는 의미심장하게 웃으며 말했다.

"탑 텐이 아니고, 탑 일레븐(Top Eleven)이야."

"……!"

*2*

"제 대답은 이렇습니다."

이준의 연출은 목소리를 고르며 결정된 사항에 대해 입을 열었다.

"심사위원들께서 그리 말씀을 하신다면 이례적으로 두 참가자의 동반 합격을 수락하겠습니다."

"……!"

동반 합격이라는 예상치 못한 결과는 많은 파장을 불러일으켰다.

대기실에서 모니터로 이 상황을 지켜보고 있던 다른 참가자들은 웅성웅성거리면서 한 치 앞을 볼 수 없는 상황에 인정과 불만을 제기했다.

'베스트는 아니지만, 이도 나쁘지 않지.'

당사자인 수는 결과에 수긍을 했다.

배틀 미션은 콜라보레이션이 아닌 경쟁을 강요하는 경연에 가깝다.

물론 그 이전에 본질은 완성도 있는 음악에 대한 추구다.

세상에 수많은 곡이 있는 것처럼, 사람도 다 각자의 취향과 성향이 있다.

양쪽이 다 훌륭하고 만족스러운 수준을 보였다면, 굳이 순서를 매겨서 더 나은 것을 고르는 건 무의미한 까닭이다.

즉, 수는 다름을 인정했다.

하지만 박정수는 그러지 못했다.

가면에 가려져 드러나진 않았지만 앙 다문 입술과 꽉 맞물리는 치아, 그리고 경직된 안면 근육이 못마땅함을 여실 없이 보여주고 있었다.

'어째서 저딴 애의 편을 들어주는 거냐고!'

박정수는 당장에라도 그리 따지고 싶었다.

이건 명백하게 자신이 이긴 게임이다.

한 치의 오차도 없이 공식마냥 정확한 음정을 짚은 것도 그다.

의도적으로 깔끔한 소리와 가성을 섞어내 조화로움을 이룬 것도 그다.

그 외에도 화음은 물론이고 청아하면서도 맑은 고음으로 곡의 품격을 더 돋보이게 만든 당사자도 바로 박정수 본인이라고 생각했다.

그런데도 불구하고 이런 식으로 동반 합격이니 어쩌느니 떠들면서 룰까지 바꾸려고 드는 꼬락서니에 분노가 치밀었다.

"브라보! 다행이네요. 이런 출중한 실력자를 잃지 않고 생방송 무대에서 볼 수 있다니."

"그리되면 탑 텐이 아니라, 이제 탑 일레븐이 되는 거네요?"

동반 합격이 결정되자 심사위원의 얼굴도 한결 펴졌다.

프로그램을 위해 이 자리에 있는 거지만 그들 세 사람도 어디까지나 가수이자 선배였다.

지금 현역으로 데뷔를 한다고 해도 전혀 부족할 것 같지 않은 두 사람 모두가 슈퍼스타Z의 생방송 무대에서 지닌 기량을 다 펼치기를 진심으로 바랐다.

"그러면 결정을 내리기 전에 이수 씨와 박정수 씨에게도 묻겠습니다. 동반 합격을 인정합니까?"

공정성을 위해 이준익 연출이 재차 묻자 수는 곧장 대답했다.

"네, 인정합니다."

"박정수 씨도 인정합니까?"

"……."

박정수가 대답이 없자 다시금 분위기가 급속도로 얼려질 때였다.

"인정합니다. 단, 한 가지 요청이 있습니다."

"요청?"

"동반 합격은 인정하나, 배틀 미션인만큼 승자와 패자는 있어야 한다고 생각합니다."

예기치 못한 박정수의 요청이란 말에 제작진을 비롯해 심사위원진도 당황한 기색을 보였다.

특히 이준익 연출의 표정은 몹시 좋지 않았다.

'저런 식의 돌발 행동은 이미지에 좋지 않은데.'

이미 박정수의 이미지 메이킹을 두고 공을 들이고 있던 이준익 연출이다.

그런데 윗선에서 동반 합격이 된 일을 두고 저리 나온다면 자칫 시청자들한테 반감을 살 염려가 있었다.

'편집을 하면 되겠지만, 다른 연출들 반발이 심할 텐데.'

참 난처하게 됐다.

통례상 연출들은 이런 돌발적인 상황을 좋아하지 않는다.

하지만 일반인을 대상으로 하는 오디션 프로그램에서는 논외다.

이런 반전이 시청자의 호기심을 끌며 시청률 견인차의 역할을 톡톡히 하는 탓이다.

조금만 수긍하고 참고 넘어가지.

그러면 차후 더 나은 이미지로 포장을 했을 텐데 하는 아쉬움이 남았다.

하지만 이미 물은 엎질러진 뒤였다.

"그렇다면 차후에 자리를 만들어서……."

"아뇨."

박정수는 단호했다.

"지금 이 자리에서 심사받길 원합니다."

"……!"

*3*

"그래서 아들, 어떻게 된 건지 빨리 말을 해봐!"

어머니는 뒷이야기가 궁금해 참을 수 없다며 닦달을 했다.

"형이 이겼어? 아니면?"

안색이 좋지 않은 준도 연신 재촉했다.

수는 그런 동생의 얼굴을 빤히 보며 걱정스럽게 물었다.

"너 어디 아파? 혈색이 안 좋은데?"

"어? 요새 좀 피곤해서 그래. 어서 다음 얘기나 해줘! 다 궁금해하잖아."

하나같이 수를 쳐다보며 눈을 빛내는 가족들을 보며 수가 손가락으로 V를 해 보였다.

"내가 이겼어."

씨익 웃는 모습에 가족들이 박수를 치면서 환호성을 내질렀다.

"역시! 과연 우리 형이라니까."

"그럼, 내 아들이 누군데! 걔 가면 쓰고 나왔을 때부터 마음에 안 들더라니. 누구한테 기어올라."

좋아하는 가족들을 보며 수도 덩달아 웃음꽃이 피어났다.

하나 그 상황으로 돌아간다면 결코 이렇게 웃고 있지 못했을 것이다.

'아주 근소한 차이였어. 우열을 가리는 게 어려울 만큼 벅찼지.'

수는 회상을 하며 경연을 떠올렸다.

박정수의 선곡은 서른 즈음에라는 곡이다. 고 김광석의 노래로 시대가 훌쩍 지남에도 잊히지 않고 되새김질하듯이 불리는 명곡이다.

'정면승부를 건 거야.'

8090노래들은 수가 즐겨 듣고, 즐겨 부른다. 보이스에도 잘 부합하며 감성적인 그 시절을 되돌리기에 적합하다.

박정수는 그걸 알고 의도적으로 서른 즈음에를 선곡했다.

왜냐하면 수가 가장 자신 있어 하는 분야에서 우위를 보여 확실하게 눌러 버릴 참이었다.

'나라고 앉아서 당할 순 없지.'

수는 승부에 응했다.

어디 한 번 깰 수 있으면 깨라는 듯 고 김광석의 어느 60대 노부부의 이야기로 맞불을 놓았다.

보라!

네가 구사하지 못하는 감성들도 난 표현할 수가 있다고 말하고 싶었다.

결과도 박빙이었다.

강정우 심사위원은 수의 손을 들어줬고, 엄지화 심사위원은 박정수의 손을 들어줬다.

동점이 된 상황에서 승패는 이승현 심사위원에게 달려 있게 됐다.

"두 사람 다 대단하네요. 그 나이가 되어서야 이해할 법한 감성들을 경험한 것처럼 다루다니, 나도 어려울 걸 해내네요."

이승현 심사위원은 순수하게 감탄했다.

그 역시 많은 곡을 발표하고 지금도 최고의 인기를 구사하고 있었지만, 젊은 날의 그가 지금 눈앞의 두 청년처럼 노래를 불렀냐고 묻는다면 아니요라고 대답을 할 만큼 대단하다.

"가창력을 두고 누가 위다 아래다 평가는 무의미할 거 같네요. 결과를 논하는 건 무의미하고 딱 이 한 마디만 하겠습니다."

이승현 심사위원은 선글라스를 고쳐 쓰고는 담담히 말을 이었다.

"잘한다고 최고가 되는 건 아닙니다. 내 것을 먼저 찾으세요. 그게 제가 하고 싶은 말입니다."

곰곰이 그 말을 듣고 있을 땐 누가 승자인지 알 수가 없었다.

그로부터 잠시간 뒤, 박정수가 휙 몸을 돌려서 무대를 나가는 모습을 보고서야 수는 이승현이 하고자 했던 말을 조금이나마 이해할 수 있게 됐다.

가수는 다 잘할 수가 없다.

완성도를 추구하는 건 좋다.

하나 부족한 걸 다 잘하고자 한다면 하나의 자기 스타일을 완성하고 대가에 오른 진짜에게는 미치지 못한단 걸 지적하고 싶은 거다.

번외 라이벌 배틀은 결국 수의 승자로 끝났다.

이기긴 했으나 조금은 찝찝하고, 더욱 스스로를 방심하지 않게 채찍질할 수 있게 만드는 아주 좋은 기회의 장이었다.

"아들, 배고프지? 찌개 끓여뒀으니 먹고 쉬자."

"어, 안 그래도 엄마 밥이 그리워 죽는 줄 알았다니까?"

수가 장난스럽게 말을 받을 받았다.

지난 일을 되돌아 필요는 없다.

생방송 진출은 확정이 됐다. 이제 앞만 보고 올라갈 일만 남은 것이다.

'기왕이면 우승해야겠지.'

우승을 할 생각이다.

또 그럴 자신이 있었고, 그럴 실력도 있다고 자부하는 수다.

*4*

"뭐? 생방송에 진출했다고?"

밤과 별 라이브 바의 한비아 사장이 눈을 동그랗게 뜨곤 소리쳤다.

그러자 행여 누가 들을까 수가 좌우를 둘러보며 검지를 세웠다.

"쉿! 이거 극비라니까요."

"미안. 난 진짜 네가 올라갈 줄 몰라서 그랬지."

사과를 하는 한비아 사장은 당장에라도 울 것만 같았다.

'첫 방송부터 검색어에 뜨는 게 불안하다 했는데…… 아! 돈 벌어다 주는 복덩어리가 결국엔 나를 떠나 버리고 마는구나.'

아쉽다. 너무 아쉬워서 돌아버릴 것 같았다.

마음 같아서는 수단과 방법을 가리지 않고 잡고 싶었다.

하지만 수는 계약 당시에 이미 슈퍼스타Z에 참여했단 걸 알리고 생방송에 진출을 하게 되면 그만둔다는 단서를 달았기에 할 말이 없었다.

"이제 그러면 정식 가수로 데뷔할 일만 남았네?"

"아직은 몰라요. 당장 다음 주부터 합숙에 들어가 봐야 알 거 같아요."

합숙.

슈퍼위크를 통과한 탑 텐이 한 달간 숙소에서 머물며 생방송 무대를 준비하는 과정이다.

이 시간 동안 외부와 연락은 차단이 되고 오로지 제작진이 짜둔 스케줄에 따라 움직인다.

음악적인 소양을 키우고 부족한 보컬 트레이닝을 받으며 생방송 무대에 대비를 하는 것도 있지만, 그 외에 몸매 관리, 피부 관리, CF 촬영, 공적인 활동 등 진짜 연예인마냥 활동을 하게 된다.

"하아, 탑 텐에서 바로 떨어지고, 너 데려간단 기획사 없으면 이리 다시 오는 거다. 알았지?"

"아오…… 뭔 악담을 그리 잔인하게 한대. 차라리 떨어지라고 기도를 하시죠?"

"그럴까?"

한비아 사장은 진심을 보여주겠다며 기도를 하는 시늉까지 보였다.

수는 답이 없다는 듯 고개를 절레절레 저었다.

"오늘 왜 이렇게 한산해요? 손님이 없네."

라이브 바의 대표 가수 수가 빠졌다지만 파리 새끼 한 마리 보이지 않을 만큼 홀이 텅 비어 있었다. 제법 단골이 쌓인 걸로 알기에 너무 의아했다.

"너 오늘 나온다니까, 문 대표님이 예약하셨어. 자그마치 두 배를 더 주고!"

"……뽕을 뽑으시는데요?"

수가 질렸다는 듯 봤다.

하나 한비아 사장은 당당했다.

"보내는 것도 아쉬운데 이렇게라도 잇속 챙겨야 하지 않겠어?"

"못 말려 진짜, 또 전체 대관이죠?"

"말해 입만 아프지, 뭐 하러 물어? 그분은 사람 많은 거 질색이셔."

수도 동의한다는 듯 고개를 끄덕였다.

직접 접해본 문채원의 말 한마디와 손짓 하나까지 수의 뇌리에 똑똑히 기억되어 있다.

'우아하지만 멋진 여자지.'

미모와 돈을 떠나서 인간적으로 교류를 하고, 지속적으로 친분을 쌓고 싶은 부류다.

그저 만나고 대화를 나누는 것만으로도 많은 걸 배울 수 있다.

전혀 다른 세상을 경험한 연륜으로 조언을 줄 수 있는 여자다.

"이건 선곡표."

수가 미리 건네받은 목록을 쭉 살피면서 고개를 갸웃거렸다.

"어째 선곡이 좀……."

"그래서 싫어?"

"싫은 건 아니고, 문 대표님 이미지랑 선곡의 취향이 좀 잘 안 어울려서요."

선곡 목록을 보며 정말 문채원이 쓴 게 맞나 의심스러웠다.

첫 만남에서 명품 팝송과 8090노래를 주로 선곡했었기에 더더욱 그랬다.

'A Whole New world라는 곡은 디즈니 애니메이션 알라딘에 삽입된 ost잖아?'

제목을 직역하자면 완전히 새로운 세상이라는 뜻이다.

극중 램프의 요정에게 소원을 빌어 왕자가 된 거지 알라딘이 마법의 양탄자에 자스민 공주를 태워 세계 방방곡곡을 여행하며 불러주는 노래다.

남녀가 듀오로 번갈아가며 대화를 주고받으며 부르는 이 곡은 알라딘이 닫혀 있던 자스민 공주의 마음을 여는 과정이 담겨 있었다.

"그러네?"

"다른 곡도 마찬가지예요. Let It Go는 작년 겨울에 개봉했던 겨울왕국 ost잖아요."

"하아……."

재차 이해가 가지 않는 듯 수가 집요하게 캐묻자 한비아 사장이 주변을 둘러보곤 낮은 목소리로 말했다.

"실은 문 대표님 혼자 오는 게 아니야."

"그러면요?"

"딸하고 올 거야. 걔 디즈니 광팬이래."

"……!"

수는 적잖이 놀라지 않을 수가 없었다.

'뭐, 딸이 있다고? 그럼 유부녀란 소리인데…… 허! 얼핏

보기엔 나보다 서너 살 많아 보였는데.'

여자의 외형으로 나이를 판단하는 것만큼 섣부른 게 없다지만 꽤나 신선한 충격이었다.

"결혼했었구나."

"왜? 임자 있다니까 아쉽다는 표정인데?"

"뭔 말을 참……."

"괜찮아, 유부녀 취향일 수도 있지. 너 맘 때 남자들이 그쪽에 의외로 약할 수도 있거든. 이 누나는 다 이해한단다."

"……."

수가 어처구니가 없다는 듯 한비아를 쳐다보며 볼을 실룩거렸다.

이상형조차 매도하는 것도 모자라서 가정파괴범인 유부녀 취향으로 몰아가는 게 너무 어처구니가 없는 까닭이다.

"아, 괜한 소리할까 봐 얘기하는 건데, 문 대표님 돌싱이야."

"네?"

"돌아온 싱글이라고! 작년에 이혼하셨거든."

"……."

"그러니까 마음껏 대시하라고, 슈퍼스타 씨."

"누나!"

뒤늦게 놀림을 당했다는 걸 알아챈 수가 버럭버럭 소리를 질렀다.

하지만 그땐 이미 한비아 사장은 웃으면서 주방으로 가버리고 난 뒤였다.

"하! 사람이 왜 이렇게 짓궂지?"

수는 한숨을 푸욱 내쉬고는 기타를 메고 무대에 올라갔다.

다음 주부터 합숙에 들어가게 되면 한동안 이 무대와도 이별이다.

언제까지 서바이벌에서 살아남을지는 모르지만 생방송 진출자는 일 년간 제이엠 본사 소속으로 활동을 해야 한다.

'꽤 정이 들었는데.'

아쉽긴 했지만 미련은 남지 않았다. 더 큰 무대에서 빛을 발할 날이 머지않았기 때문이다.

막 기타를 조율하던 수의 고개가 절로 올라갔다.

'오셨나?'

문채원의 목소리를 들었기 때문이 아니다.

조잘조잘 아기 새마냥 쉬지 않고 떠들어대는 아이의 재잘거림에 귀가 번뜩 뜨였기 때문이다.

꾸벅.

무대의 수와 문채원의 시선이 마주치자 두 사람은 누가 먼저라 할 것 없이 목례를 했다.

"뭐예요? 뭐야?"

귀여운 여자아이가 의아하게 여기다가 수를 보더니 다소곳하게 인사를 했다.

수도 손을 흔들어주는 걸로 답례를 했다.

"오셨어요, 대표님? 이쪽으로 앉으세요."

한비아 사장이 쏜살같이 달려가 안내를 했다.

그러면서 수에게 곧 준비하라는 신호를 줬다.

'이게 별밤에서 갖는 내 마지막 무대인가?'

이전까지만 해도 많은 관객 앞에서 노래를 하는 것만이 능사라고 여겼다.

이제는 생각이 변했다.

한 명.

진심으로 노래에 귀를 기울여 주는 단 한 명의 관객만 있더라도 충분하다고 생각했다.

'오늘은 꼬마 숙녀까지 있으니까.'

새삼 수는 오늘의 무대가 고마워졌다.

더 큰 무대로 나아가기 전, 추억에 남을 최고의 관객들을 이 자리에 앉혔기 때문이다.

# Chapter 10

*1*

'딸이라고 했지? 나이 차이가 별로 안 나 보이는데.'

선곡 목록의 노래를 열창을 하면서 문득 든 생각이다.

라이브 바에서 가장 자리가 좋은 이 층 부스에 자리를 잡은 꼬마 숙녀의 나이는 대충 어림잡아도 열 살은 되어 보인다.

아무리 많이 잡아도 문채원의 나이가 서른이 되지 않을 거라고 보면 최소로 잡아도 스무 살에 딸을 낳았다는 얘기와 진배없다.

'더 의아한 건 어느 한구석도 닮지 않았어.'

수도 쓸데없는 관심이란 걸 안다.

하지만 무시하려고 해도 호기심의 동물인 인간이기에 자꾸 신경이 쓰이는 건 어쩔 수가 없다.

짝짝!

"아저씨, 노래 진짜 잘하세요!"

Let It Go를 따라 부르던 꼬마 숙녀는 박수를 치며 열화와 같은 반응을 보였다

그만큼 겨울왕국이라는 애니메이션이 흥행했고, 또 극 중 엘사가 부른 이 곡이 어린아이들에게 큰 영향을 줬다는 의미일 것이다.

"고마워."

수도 마이크에 대고 감사의 뜻을 비쳤다.

나이가 아무리 어리다고 하더라도 관객이다.

"어? 잠깐만요."

막 손을 흔들어대던 꼬마 숙녀의 표정이 미묘하게 일그러졌다.

눈에 잔뜩 힘을 주고 부스 밖으로 나와 수를 뚫어져라 쳐다본다.

너무 노골적인 시선에 수조차 얘가 왜 이러지 싶을 정도였다

"아아!"

꼬마 숙녀는 눈을 크게 뜨곤 수를 손가락으로 가리켰다.

뭔가를 말하고 하고 싶은 기색이 역력했는데 놀란 나머지 말을 더듬었다.

"슈, 슈퍼스타Z에 나왔던 아저씨다!"

"용케 알아봤네? 근데 아저씨는 아니고, 오빠야."

나름 유명인사가 된 것 같아 수가 옅게 웃었다.

고작 첫 방송에 갓 열 살이 될까 말까 한 아이들한테도 얼굴이 알려졌을 정도니 당사자인 수도 적잖이 놀라지 않을 수가 없었다.

"아저씨다! 기타 치던 아저씨 맞아!"

"……오빠라니까 그러네."

수가 멋쩍게 머리를 긁적일 때였다.

방방 뛰며 좋아하는 꼬마 숙녀가 문채원을 뭐라고 졸랐는지 부스로 오라는 호출을 받았다.

이전이라면 오라 가라 하는 것에 기분이 상했을 수지만 이젠 안면도 있기에 기쁜 마음으로 갔다.

"안녕하세요."

"또 보네요. 오늘이 마지막이라고 해서 일부러 찾아온 거 알아요?"

문채원은 여유로우면서도 우아함을 잃지 않았다.

'보면 볼수록 매력적인 여자야. 앗! 내가 지금 무슨 생각을

한 거야.'

수는 순간 당황했다.

가슴 떨리는 설렘을 그녀에게서 느끼고 만 것이다.

이건 아니다.

유부녀를 두고 묘한 끌림을 느끼던 수는 마음을 단단히 했다.

물론 남몰래 마음에 두겠다는 것은 아니고, 흠모할 만큼 멋진 마인드를 지녔다는 뜻이지만 남녀의 감정이란 게 어디 마음먹은 대로 되나.

'괜히 이상한 소리를 들어가지고.'

수는 아까 주고받던 농담 때문에 자기도 모르게 그런 감정을 느낀 거라고 치부했다.

"마지막은 아니에요. 앞으로 방송에서 주구장창 볼지도 몰라요."

잠시 일탈했던 속마음을 감추고자 수는 더 너스레를 떨었다.

"자신만만한데요? 그 오디션 프로그램에 대해선 잘 모르지만 들은 기억은 있네요. 수 씨라면 분명 좋은 성적을 낼 수 있을 거예요. 내가 보증하죠."

"문 대표님 보증이라니, 믿어봄직한데요?"

수는 그녀와 대화를 하고 있는 내내 마음이 편해지고 즐거웠다.

할 수만 있다면 밤새도록 마주 앉아서 두런두런 이야기를 나누고 싶단 생각이 스쳐 지나갔다.

"아저씨, 나 싸인해 줘요!"

"사인?"

꼬마 숙녀가 어디서 꺼냈는지 노트와 펜을 내밀었다.

이런 요청이 처음이라 수가 당황을 했다.

"어서요!"

"음, 아, 알았어. 이름이 뭐니?"

"공혜련!"

수는 언젠가 유명인사가 되면 꼭 쓰겠다며 학창시절 연마해 뒀던 사인을 노트에 갈겼다.

당시엔 멋있다고 자부했는데, 이리 하고 나니 겉멋만 흐르고 남의 것을 베낀 것 같아서 민망했다.

"헤헤, 학교 가서 애들한테 자랑해야지!"

"아저씨 아는 애들 많아?"

"응! 대부분이 알아요. 가면 쓴 오빠랑 아저씨 짱 유명한데."

"그래?"

수는 세삼 슈퍼스타Z 출연이 갖는 영향력에 감탄을 금치 못했다.

'슈퍼위크 미션까지 방송이 되면 정말 유명인사가 될지도 모르겠는데?'

막연한 기대감이 들긴 했지만 수는 김칫국부터 마시지 않았다.

잠시 화기애애하게 대화를 주고받던 수는 다시 무대에 올랐다.

아직 신청한 선곡이 남아 있는 까닭이다.

"이번 곡은……."

*2*

"헤어지자고?"

반문을 하는 중년인의 볼이 실룩거렸다. 기름기가 좔좔 흐르는 그는 생김새와 달리 명품 시계와 명품 옷으로 치장을 하고 있었다.

"네, 더는 만나고 싶지 않아요."

이억을 호가하는 마세라티 보조석에 앉아 있는 아름은 단호하게 이별을 통보했다.

"너 돈 필요하다며? 스폰 이제 필요 없어?"

중년인은 애써 차분하게 그가 내세울 수 있는 최고 강점인 돈을 걸고 넘어졌다.

강남에서 손꼽히는 임대 사업가인 그는 월수입만 하더라도 억에 육박한다.

가만히 앉아만 있어도 돈이 들어오는 임대 사업의 특성상 여자와 술에 돈을 아낌없이 쓰는 그는 아름의 스폰서를 자처하며 적지 않은 돈과 외제차, 명품 가방 등을 선물했다.

그런데 아름이 이제 와서 다짜고짜 이별을 통보하니 당황하지 않을 수가 없었다.

"돈 좋죠. 세상에 돈 싫어하는 여자 없을 걸요?"

"거봐, 돈 필요하잖아. 용돈 더 챙겨주마. 카드 줄 테니까 시간 날 때 홍콩이라도 가서 쇼핑……."

다급하게 지갑에서 비자카드를 꺼내 보이는 중년인을 향해 아름은 냉소를 지었다.

"돈 필요 없어요."

"뭐?"

"저 이제 이 일 그만둘 참이거든요."

"……!"

중년인이 빨갛게 달아오른 얼굴로 부들부들 손을 떨었다.

"왜? 벌 만큼 벌었다 이거야?"

아름의 태도에서 마음을 돌릴 수 없음을 읽은 중년인의 태도가 돌변했다.

상냥한 모습은 온데간데없이 사라지고 삐딱하다 못해 위

압적인 자세를 취했다.

"아뇨, 저 아직 빚 남았어요."

"근데 왜!"

"지금이 아니면 못 그만둘 거 같아서요. 마침 하고 싶은 일도 생겼고."

"하고 싶은 일?"

아름은 다음 말에 대해선 대답 대신에 의미심장한 미소를 지었다.

아!

중년인의 가슴이 아이스크림처럼 녹아내렸다.

조금 전까지만 해도 울화가 치밀었는데 저 미소를 보니 싹 잊히고 만다.

'제길! 이대로 보내라고? 헤어 나올 수가 없는데, 어떻게 보내라는 건데!'

볼품없는 외모 덕에 늘 돈으로 여자를 유혹해서 곁에 두었다.

그런 중년인의 눈에 든 아름은 한국에서 가장 예쁜 미녀였다.

그녀를 손에 넣기 위해 그는 스폰서를 자처하며 어마어마한 물량 공세를 쏟아냈다.

하나 쉽지 않았다.

아름이 한사코 거부했기 때문이다.

공을 들였다.

인내심을 갖고 오피스텔에 외제차까지 선물을 하면서 환심을 샀다.

'오늘 우리 잘래요?'

몇 억을 쏟아붓고 나자 아름의 입에서 나온 말이다.

중년인은 환호했다.

그깟 돈이야 아깝지 않다. 잠만 자고 일어나면 통장에 쌓여 있는 게 돈이다.

그보다 아름의 스폰서가 되어 독점을 할 수 있단 사실이 너무 행복했다.

그녀와 처음 나눈 사랑은 짜릿했다.

등골을 타고 전율이 일 만큼 환상적이었다.

그로부터 또 일 년이 지났다.

그날 맺은 관계는 아름과 처음이자 마지막으로 맺은 관계였다.

그래도 상관없다고 생각했다.

어차피 계속 스폰서로 있는다면 또 잘 기회는 얼마든지 있다고.

오히려 공을 들여서 그녀를 또 얻게 되면 그것도 희열이 있을 거라고 생각하며 인내하고 기대했다.

그랬는데…… 그녀가 헤어지자고 한다.

더 화가 나는 건, 그런 말에도 불구하고 그녀를 잃을까 두렵다는 것이다.

"좋아, 아름. 네 뜻 이해했어. 근데 뭘 할지 모르지만, 살다 보면 내 도움이 많이 필요할 거야."

"……."

"난 널 도와줄 수 있어. 끊는다고 끊어지는 게 어디 인간관계인가? 또 우린 특별한 사이잖아."

이별을 막을 수 없다면 어떻게든 여지를 남겨두고자 중년인은 발버둥을 쳤다.

그 나름대로 겪어온 여자에 대한 확신도 서려 있었다.

'돈에 맛든 년은 돈을 못 버리지.'

유일하게 그가 믿는 진실이다.

또 지금까지 여자들은 그가 쏟아부은 돈에 비례해서 길들여졌다.

아름도 다르지 않을 거라고 자부한다. 다만, 당장 떠난다는 말이 너무 크게 다가온 나머지 자꾸 여지를 남겨두고자 했다.

"좋아요. 단 먼저 연락하지 마세요. 제가 연락할 때까지 기다리세요. 그럴 수 있죠?"

"물론이지! 언제까지고 네 연락을 기다리마!"

중년인의 얼굴이 환해졌다.

기약 없는 약속일 수도 있지만 이렇게나마 말로라도 확답을 받아만 마음이 편해졌다.

'남자란 족속들이란.'

고작 이런 말 한마디가 두 사람 사이에 아무런 끈이 될 수 없음을 모르는 게 그저 한심했다.

"저 갈게요. 잘 지내세요."

쿵!

아름이 마세라티에서 내리며 문을 닫자 보조석 창문이 내려갔다.

"아름, 조심히 들어가. 연락 기다릴게."

그 말을 남긴 중년인은 쿨한 척 차를 몰아 휙 가버렸다.

청담동 일각의 아름은 저 멀리 가버리는 그의 마세라티를 보며 조소를 지었다.

"한심하긴. 진짜 내가 연락을 할 거라고 믿는 거야?"

아름은 죽어도 중년인에게 연락할 뜻이 없었다.

이미 이용 가치가 다한 까닭이다.

"덕분에 빚은 다 청산했으니까. 그 외에 받은 것도 좀 있고."

중년이 갚아준 빚만 해도 거의 억을 호가한다. 선물로 받은 오피스텔과 외제차만 하더라도 족히 이억은 넘는 액수다.

그 외에도 각종 명품들까지 치면 이 년이란 시간과 한 번의 잠자리로 얻은 대가치곤 나쁘지 않았다.

아름은 미련 없이 몸을 돌렸다.

"아깝긴 한데, 언제까지 얻어먹고 살 수는 없는 거니까. 쳐내야지."

가정이 파탄 나고 빚을 물려받게 되며 반강제적으로 나서게 된 텐프로다.

이른 나이에 이쪽 세계에 눈을 뜨게 된 만큼 사회를 사는 법을 다른 또래보다 일찍 깨우쳤다.

청담동 거리를 걷는데 대형 스크린에서 슈퍼스타Z 재방송이 방영되고 있었다.

때마침 타이밍 좋게 수가 등장하여 이등병의 편지를 열창하고 있었다.

"또 나오네? 검색어에도 오르더니, 이젠 스타가 다 됐어."

아름은 의미 모를 미소와 눈길로 서서 응시했다.

절친 민정에게 수가 슈퍼스타Z에 출연했단 얘기를 듣고 까무러치게 놀랐다.

그녀가 아는 수는 음치에 박치도 모자라 노래를 참 못했기 때문이다.

그랬는데, 영상을 찾아보고 나서야 인정을 하지 않을 수가 없었다.

이 년 사이에 무슨 일을 겪은 것인지, 귀를 의심할 만큼 출중한 가창력을 갖고 있었다.

그때부터였다.

얼마 되지 않는 사이에 검색어에 뜬 수의 이름을 보고 아름은 머리를 굴렸다.

일단 가장 먼저 한 행동은 슈퍼스타Z의 제작을 맡은 케이블 방송사에 소속 중인 PD에게 연락을 넣어 약속을 잡은 것이다.

연예인 접대가 빈번한 방송사인만큼 이미 연줄이 닿아 있었기 때문에 만나는 건 어렵지 않았다.

위스키와 함께 아양을 떨며 PD의 마음을 살살 녹인 아름이 은근슬쩍 물었다.

"오빠, 슈퍼스타Z에 참가한 이수라고 들어봤어?"

"어, 알지."

"걔 어디까지 올라갈 거 같아?"

"못 해도 탑 텐은 갈걸? 딱 봐도 이준익 연출이 팍팍 밀어주더만. 아마 박정수랑 걔가 이번 시즌 가장 핫할 거다."

"그래?"

아름은 그 말을 새겨들었다.

이 PD가 비록 대박을 친 작품은 없더라도 선견지명이 제법 있는 케이스였다.

그 뒤 따로 개인적으로 연락을 해서 생방송 진출 여부에 대해 물었다.

얻어먹은 게 있기에 PD도 절대 누설해선 안 된다며 슬쩍 합격 사실을 흘렸다.

그 얘기를 들은 아름은 자신에게도 기회가 왔음을 직감했다.

"빚도 이제 거의 청산했겠다. 언제까지 이런 구질구질한 술집에서 웃음 팔며 살 수는 없잖아?"

텐프로계에 들어와 상상도 못할 돈을 벌었다. 벌었다는 표현엔 어폐가 있을 수도 있다.

어쨌든 적지 않은 물건이 누군가의 소유에서 그녀의 소유가 되어 있었으며, 아버지가 남긴 부채도 모두 청산했다.

어찌 보면 텐프로 중에서도 드물게 단기간 내에 성공한 케이스다.

그러나 아름은 거기서 만족하지 않았다.

목돈을 만질 수 있다고 해도 어디까지나 술집 접대부라는 한계가 명확하다.

"관리를 한다고 해도 미모가 평생 가는 게 아니거든. 언젠가 나보다 어린애들이 밑에서 치고 올라와서 내 밥그릇을 뺏겠지. 내가 그랬던 거처럼."

세월은 참 잔인하다.

특히 여자에게 있어선 전부를 앗아간다고 해도 과언이 아니다.

그러한 이치를 일찍 깨달은 아름이었기에 이 세계에 안주하고 싶지 않았다.

"그렇다고 사회복지사가 되기엔 내 미모가 너무 아깝잖아?"

대학교는 그저 적을 두는 것이면 족하다. 한 가장의 딸로서 행복하게 살아가던 시절의 일부로 기억에 남기고 싶었다.

지금 그녀가 보고 있는 건 오직 딱 하나다.

연예계.

그곳에 발을 들이밀 생각이다.

하고자 했다면 진즉에 했을 거다.

손님 중에 PD나 제작사 인사팀, 유명 배우 등 연예계에 보이지 않게 영향을 줄 사람이 상당수 포진해 있었기 때문이다.

그러나 아름은 그들을 통해 들어가고 싶지 않았다.

텐프로 출신이 연줄을 통해서 데뷔를 한다는 건 후에 성공을 하더라도 큰 약점이 된다.

이미 그러한 전례를 몇 차례 보았다.

출신이 걸림돌이 되어 데뷔를 했음에도 여기저기 끌려가면서 접대만 하는 성노예가 되고 만다.

아름은 그러고 싶지 않았다.

좀 더 치밀하게 접근을 하고 싶었다.

그 성공을 그려줄 밑바탕은 바로 이수다!

"대중이란 게 참 웃겨서, 여자친구라고 하면 관심이 지대해지거든."

예로 한 코미디언이 있다.

허약한 이미지의 그가 버라이어티 쇼에 깜짝 놀랄 만한 미모의 신인 여배우를 대동하고 등장했다. 그리고 밝혔다.

"제 여자친구임네다!"

그 파장은 컸다.

나보다 못났다고 생각한 코미디언의 여자친구의 미모에 포탈은 삽시간에 그녀의 존재로 검색어가 도배되고 말았다.

"슈퍼스타Z 시즌5의 우승자 이수가 만나고 있는 미모의 여자친구라면 꽤 괜찮지 않겠어?"

모든 게 의도적이다.

또 철저히 계산이 깔려 있었다.

실패하더라도 크게 개의치 않는다.

왜냐고?

최악의 경우에는 다시 텐프로로 돌아오면 된다. 그녀의 미모와 색기라면 몇 년만 구르면 남들은 상상도 못할 거액을 손에 쥘 수가 있었다.

"그러려면 먼저 수를 만나야겠지? 안 그래도 전해줄 말이 있었는데."

아름이 고혹적으로 웃는다.

곧 세상을 홀릴 미소다.

*3*

"지금 가시게요?"

선곡 목록을 완창한 수가 기타를 메고 나서다 역시 막 가게를 나서는 문채원과 마주쳤다.

"네, 더 못 듣는 게 아쉬워졌으니 이제 가야죠. 애도 재워야 하고."

"졸려, 엄마."

공혜련은 잠을 이기지 못하고 눈을 비볐다. 그러고 보니 벌써 밤 열한 시였다.

"그러면 같이 내려갈까요?"

수가 제의를 하자 문채원도 흔쾌히 응했다.

"그래요."

"혜련아, 많이 졸려?"

"응."

"업힐래?"

수가 잠을 이기지 못하고 힘들어 하는 공혜련을 딱하게 보며 물었다.

공혜련이 잠시 머뭇거리는 기색을 보이다가 눈치를 보며 끄덕였다.

"응, 업어줘."

"업혀."

뒤돌아서서 등을 내어주자 공혜련이 수줍게 안겼다. 수는 편안히 쉴 수 있게 엉덩이를 든든하게 받쳐 줬다.

"아래까지만 내려가면 되죠?"

"네…… 차 대기해 뒀어요."

공혜련은 안기기가 무섭게 깊은 잠에 빠져들었다. 말은 하지 않았지만 지금까지 버티고 있던 것만으로도 벅찬 듯싶었다.

"고별 회식이라도 하려고 했건만, 가야겠네?"

"다음에 또 올게요. 그때 해요."

수는 한비아 사장과 그리 작별을 고했다. 배웅을 받으며 복도를 나온 두 사람은 엘리베이터가 올라오기를 기다렸다.

딩동!

도착 음이 울리며 문이 열렸다.

"타세요."

수가 권하자 먼저 엘리베이터에 탑승한 문채원이 1층 버튼을 누르고 이어 닫힘 버튼을 눌렀다.

곧 엘리베이터 문이 닫히고 하강을 시작하자 문채원이 입을 열었다.

"죄송해요, 괜히 폐를 끼치네."

"뭐, 이런 걸 갖고요."

"……."

문채원은 수의 등에서 잠이 든 공혜련의 머리를 쓰다듬었다.

'왜 이렇게 슬픈 눈으로 보는 거지?'

부모가 자식을 볼 땐 사랑스러운 눈길로 보게 마련이다.

그런데 어찌 된 영문인지 문채원의 눈빛엔 사랑스러움보다는 딱하고 측은함이 더 깊게 배어 있었다.

'말 못할 사연이 있는 건가?'

쿵! 쿵!

그때였다.

갑자기 엘리베이터가 우웅 소리를 내더니 천장 등이 꺼지며 작동이 멈췄다.

"무, 무슨 일이죠?"

갑작스런 상황에 문채원이 당황한 듯 물었다.

수 역시 놀라기는 마찬가지였지만 차분하게 주머니에서 휴대전화를 꺼내 플래시 앱(App)을 실행시켜 시야를 확보했다.

그리곤 침착하게 층수 버튼 아래에 있는 비상벨을 눌렀다.

"저기요, 여기 사람이 갇혔어요!"

혹여 아무도 대답을 하지 않으면 어떨까 두려웠는데, 그런 기우는 발생하지 않았다.

—경비실입니다. 서울시 전력 사용이 갑자기 늘어서 정전이 됐답니다. 몇 분이면 곧 들어온다고 하니 잠시만 기다려주세요. 절대 떨어지거나 그러진 않으니 걱정하지 마세요.

"네, 알겠습니다."

경비원의 말에 수도 내심 안도를 했다. 표현을 하지 않으려고 애써서 그렇지 이런 일을 처음 겪기에 많이 놀란 상태였다.

"정전이라니까 좀만 기다려 보죠."

"……."

"그나마 혜련이가 잘 자서 다행이네요. 애가 깨면 많이 놀랐을 텐데."

수가 일부러 긴장을 풀고자 말을 걸었다.

그런데 돌아오는 대답이 없다.

수는 심상치 않음을 느끼곤 휴대전화 플래시를 바닥에 두어 엘리베이터 전체의 시야를 확보했다.

"대표님, 괜찮으세요?"

"하아…… 괘, 괜찮아요."

문채원은 엘리베이터 벽에 등을 기댄 채 무릎에 얼굴을 묻고 떨고 있었다.

"어디 안 좋은 거예요?"

"그, 그냥 좀…… 답답해서 그래요. 좀 지나면 괜찮아……질 거예요."

"……!"

수는 그녀의 상태가 심상치 않음을 느꼈다.

단순히 놀랐다고 하기에는 지나치게 숨소리가 거칠었다. 얼핏 이마에 손을 대니 땀이 흠뻑 흐르고 있다. 떨림마저 전해졌다.

'폐소공포증?'

의학적인 지식은 부족했으나, 대략의 상황으로 짐작건대 심리적인 압박으로 인해 비슷한 증상이 온 게 아닌가 싶었다.

# Chapter 11

*1*

'이를 어쩌지?'

태어나서 처음 겪는 다급한 상황에 수도 어찌 대처할 바를 모르고 난처해했다.

다만 확실한 건, 시간이 흐를수록 문채원의 상태가 급속도록 악화되리라는 것이다.

수는 일단 잠이 든 공혜련을 한쪽에 눕혔다.

"으음."

충격 때문인지 뒤척이긴 했지만 다행히 깨진 않았다. 이런 상황에서 공혜련까지 깨게 되면 엎친 데 덮친 격인데, 참 다행이다.

당장에라도 숨이 멎을 것 같은 문채원의 어깨를 부여잡고 눈을 맞췄다.

"대표님, 제 눈 보세요."

"하아…… 어. 하아하아."

"저 따라하세요. 아주 찬찬히 숨을 들이마셨다가, 뱉었다가……."

"하아…… 후! 욱! 하아하아."

한두 번 잘 따라하는가 싶더니 이내 숨이 막혔는지 가슴을 마구 두드렸다.

사태가 악화될수록 수의 초조함도 극에 달했다.

결국 사정없이 비상벨을 눌렀다.

"저기요, 여기 환자가 있어요! 빨리 좀 오셔서 도와주세요!"

—…….

돌아오는 대답은 없다.

정전이 됐으니 건물 전체에 문제가 발생한 만큼 경비원이 출동한 것 같았다.

수는 막막해졌다.

"하아…… 컥! 읍, 하아."

불과 몇 십 초 사이에 문채원의 호흡은 멎을 듯 끊어졌다가

토하고를 반복했다.

어두워서 분간이 가지 않지만 물속에서 질식사하듯이 고통스러워하며 덜덜 떨고 있었다.

"대표님, 좀만 참아요. 곧 전기 들어올 거예요."

문채원에겐 수의 목소리가 들리지 않았다.

당장 숨이 넘어갈 것 같은 상황에 누군가의 조언이 들릴 리가 만무했다.

더욱 강하게 심장을 옥죄어오는 압박감에 눈동자 초점마저 흐릿해진다.

"제길!"

수는 뭐라도 해야 한다는 압박감에 시달렸다.

'방치했다간 죽을지도 몰라!'

다급해진 수는 머릿속이 하얘졌다. 아무것도 떠오르지 않는 상황이었다.

오로지 숨을 쉬게 하기 위해 그녀의 호흡을 방해하는 것들을 제거해야 한다는 생각만 앞섰다.

"……살리고 봐야 해."

결단을 내린 수는 손을 뻗어 문채원의 가슴을 타이트하게 조이고 있는 셔츠의 단추를 풀었다.

차후에 성추행범으로 오인받아도 상관없다.

조금이라도 폐를 압박하는 걸 제거해야만 호흡이 나아지

지 않을까 하는 단순한 생각에서 한 일이다.

그만큼 상황이 급박했다.

뭐라도 하지 않으면 문채원이 죽을지도 모른다는 불안감이 들었다.

"하아…… 헉! 하아……."

호흡을 내쉬는 양이 적어진다. 더 나아가서 숨의 간격도 급격하게 길어진다.

"이런!"

수는 다급한 마음에 그녀의 등 뒤로 손을 뻗었다.

해서는 안 될 짓이라고 할 수 있지만, 사람을 살리는데 그런 게 대수냐?

가슴을 지탱하고 있는 그녀의 브래지어 끈을 풀었다.

"제 말 들리세요? 이제 전기 곧 들어와요. 좀만 참아요!"

시급을 다투는 상황에 수의 목소리가 커지자 잠에 들어 있던 공혜련이 깼다.

"으음. 여기 어디야? 왜 이렇게 어두…… 엄마? 엄마 왜 이래요?"

심상치 않음을 느낀 공혜련이 문채원의 팔을 부여잡고 울먹였다.

"아파서 그래. 곧 있으면 괜찮아질 거야."

"엄마, 왜 그래? 엄마! 으아아앙!"

참다못한 공혜련이 울음을 터뜨릴 때였다.

지이잉, 우우웅!

엘리베이터 안에 전기가 돌며 천장 등이 켜졌다. 동시에 모터 소리가 요란하게 울리더니 작동을 멈췄던 도르래가 가동했다.

"대표님, 괜찮으세요? 정신 차려요!"

수가 그리 말하면서 일 층 버튼을 눌렀다.

그리 길지 않은 시간 동안 풀어뒀던 셔츠의 옷을 대충 여미고는 문채원을 업었다.

딩동!

문이 열리자 엘리베이터를 이용하기 위해 꽤 많은 사람이 기다리고 있었다.

"비켜요!

다급하게 수가 외치자 검은 정장을 입은 사내가 문채원을 보고 다가왔다. 비서였다.

"대표님! 대체 무슨 일이죠?"

"정전이 되고 얼마 안 있어 호흡 이상 증세를 보이시더니 쓰러지셨어요."

"이런, 어서 이쪽으로 모시세요!"

수가 그를 따라 밖으로 나서자 최고급 외제차가 대기하고 있었다.

"태우세요!"

"으아앙! 엄마!"

뒷좌석에 문채원을 눕히자 공혜련이 울며불며 뛰어와 옆자리에 앉았다.

"감사합니다. 병원은 제가 모시고 가겠습니다."

"네?"

같이 가야 할 줄 알았던 수는 당혹스러워했다.

비서는 그러거나 말거나 수를 홀로 내버려 둔 채 급히 차를 몰아 가버렸다.

졸지에 홀로 남게 된 수는 외제차가 가버리는 방향을 무심히 쳐다봤다.

이미 손을 떠난 일인데도 사람 마음이 그런 게 아니라고 자꾸 걱정이 되었다.

"……무사하셔야 할 텐데."

*2*

다음 날이 되어서야 한비아 사장을 통해서 무사하다는 연락을 받을 수가 있었다.

단, 심리적인 영향이 육체에게까지 미쳐서 절대 요양을 해야 하는 입장이라 외부와의 접촉을 자제해야 한단 말도 덧붙였다.

"무사하시다니 천만다행이야."

어제 일만 떠올리면 속이 바싹바싹 타들어갔다.

태어나서 처음으로 누군가 생사를 오가는 모습을 직접 봤더니 도무지 뇌리에서 잊히지 않았다.

"그러고 보니 어제……."

수는 깜깜한 어둠 속에서 문채원의 셔츠 단추를 딴 걸 떠올리고 얼굴을 붉혔다.

그뿐 아니라 브래지어 끈을 풀고 헐렁하게 만들며 닿았던 가슴의 감촉이 그만 떠올라 버렸다.

"몹쓸 놈, 지금 그런 거나 떠올리고 있냐?

수는 뒤늦게 괜한 짓을 했나 싶기도 했지만 후회는 들지 않았다.

손가락질 받을 수 있는 행동이었을지 모르나 당시의 상황에서 수가 대처할 수 있는 최선책이었다.

오늘은 모처럼 호스피스 활동을 하러 나왔다. 집밖에 나와서도 도통 어제 문채원의 기억에 정신이 어수선하던 수는 병원에 다 와서야 마음을 잡았다.

호스피스 병동을 찾은 수가 주변을 두리번거렸다.

"오늘도 안 왔네."

근래 진서가 도통 보이질 않는다.

수 본인이 슈퍼위크에 참여하느라 강의에 빠진 것도 있었지만 그렇다 하더라도 진서는 벌써 이 주째 코빼기도 보이지 않았다.

걱정이 되어 문자메시지나 전화를 넣어봤으나 받지 않는다.

“몸이 정말 많이 안 좋나?”

자꾸 마음이 쓰였다.

진서는 착하고 좋은 후배였다.

복학 이후에 늘 함께 단짝처럼 붙어 있다 보니 몹시 허전했다.

출석체크를 끝낸 수는 701호 병실로 향했다.

일주일 만에 찾는 것인데 꽤나 낯설게 느껴졌다.

시간은 똑같이 지나갔지만, 그간 많은 일을 겪었기 때문에 피부로 느껴지는 체감은 컸다.

“안녕하세…… 어? 어!”

“조용히 하세요.”

막 반갑게 인사를 하고 들어가던 수가 간호사의 지시에 입을 다물었다.

침상 위의 강민수가 식은땀을 뻘뻘 흘리면서 고통에 시달리고 있었다.

“아까 말한 대로 처방하고 절대 안정시켜.”

"네, 교수님."

외래 교수는 그리 진단을 내리곤 병실을 나섰다.

간호사가 남아서 몇 가지 검사를 더 하고나자 수에게 말했다.

"오늘 중으로는 깨어나기 어려울 거예요. 돌아가도록 하세요."

"많이 안 좋은 거예요?"

수가 걱정스럽게 물었다.

강민수의 혈색이 저번 주에 보았던 것보다 눈에 띄게 악화된 까닭이다.

"네, 이제 얼마 안 남으셨잖아요. 아마 버티기 힘드실 거예요."

"……."

간혹 호스피스 병동을 왕래하다면 잊기도 한다. 여기 입원해 있는 환자들이 시한부 인생을 살고 있다는 사실을 말이다.

수는 진심으로 다가서려고 하지만, 저들에겐 그저 일주일에 하루 보는 봉사자 그 이상도, 그 이하의 존재로밖에 인식되지 않을 것이다.

"그냥 보내 드리기는 싫어."

김강진의 일을 떠올리면 아직도 후회스럽다.

차문도를 통해서 후회 없이 임종을 맞이했다는 얘기를 접하기는 했지만 그건 죽은 자의 생각일 뿐, 산 수는 그러지 못했다.

못 다한 얘기가 많았고, 못 다 푼 사연도 많았다.

조금만 더 시간이 주어졌더라면 하는 아쉬움이 짙게 남았다.

"윤이 엄마, 윤이야…… 강윤!"

"아저씨?"

고통에 찬 얼굴로 신음을 흘리던 강민수가 누군가의 이름을 애타게 불렀다.

수는 잠자코 그 모습을 지켜봤다.

그는 몇 분 가까이 목놓아 부르고 또 불렀다.

"가족이신 건가……."

아마 그럴 거라고 확신을 할 때였다.

벌써 세 달이 넘도록 실습을 나오는 동안 강민수의 가족들을 본 기억이 없었다.

"……."

수는 물끄러미 그를 내려다봤다.

고독이 더없이 잘 어울리는 사람이라고 생각했다. 혼자 있는 모습이 너무나 자연스러워서 말을 거는 것조차 방해라고 생각했다.

한데 다시 생각해 보니 그런 사람은 없는 것 같다.

지금만 하더라도 그렇다.

애가 타도록 저리 목 놓아 가족을 부르는 모습을 보면 그도 천성적으로 외로운 사람은 아니라는 생각이 들었다.

"아저씨의 가족은 어떤 사람들일까? 윤…… 이름이 참 예쁘기는 한데."

수가 씁쓸하게 웃으면서 중얼거릴 때였다.

마른 고목마냥 쩍 갈라지는 낮은 목소리가 말을 받았다.

"많은…… 상처를 입은 사람들이다."

"아저씨? 정신이 드세요?"

의식을 차린 것에 수가 놀라서 번쩍 일어났다.

강민수는 게슴츠레 뜬 눈으로 멍하니 천장만 바라보고 있었다.

고통에 신음을 하다가 약 기운에 지친 몸뚱이는 시체나 다름없이 축 처져 있었다.

"내가…… 이 병신 같은 내가…… 떠나게 만들었다. 떠나게……."

"……."

"미안해. 미안."

수는 그의 독백에 끼어들지를 못했다.

이제 정말 살날이 얼마 남지 않은 까닭일까?

늘 고독하고 단단하게 초연하던 강민수가 눈물을 보이고

있었다.

'강진 아저씨랑 같아. 후회로 가득 찬 눈물이야.'

곁에서 지켜보는 수의 가슴이 뭉클해졌다.

정확하게 어떤 연유에서 울고 있는지는 잘 알지 못한다.

다만, 어떠한 이유에서인지 가족들에게 상처를 준 강민수가 죄를 통감하며 미안해하고 있다는 점이다.

거듭 후회를 하며 용서를 구하던 강민수는 이내 의식을 잃었다.

얼마간 곁을 지키던 수는 그가 깊게 잠이 든 걸 확인 하곤 병실을 빠져나왔다.

복도를 지나쳐 수의 발걸음이 향한 곳은 황은옥 호스피스가 머무는 병실이다.

"죄송한데, 잠시 얘기 좀 가능할까요?"

"이 일만요, 금방 끝나니 기다리세요."

황은옥 호스피스는 수발을 들고 있는 환자의 안위를 위해 최선을 다했다.

일체의 시선과 관심도 주지 않은 채 오로지 환자에게만 모든 신경을 집중했다.

그러한 모습은 수에게도 많은 본보기가 되었다. 진심으로 환자를 염려하고 생각을 하게 되면 보일 수 있는 모습을 봤기 때문이다.

'진실함에 환자들이 마음을 여는 건가?'

무뚝뚝하고 사람들과 대화조차 잘 섞지 않는 강민수도 황은옥 호스피스에게 만큼 한껏 누그러진 태도로 대했다.

비단 그만이 아니다. 가시처럼 뾰족하게 굴던 환자들도 그녀에게만큼은 달랐다.

이전에는 그 이유가 오래 호스피스 생활을 했기 때문이라고 생각을 했는데 돌이켜 보면 그런 이유에서는 아닌 거 같았다.

'환자들이 더 잘 아는 거야. 호스피스의 손길, 말투, 단어 선택…… 아주 사소한 하나만으로도 진심인지, 동정인지 구분하는 거야.'

수는 세삼 호스피스에 대해 다시 생각을 해보게 되었다.

잠시 숨을 돌린 황은옥 호스피스와 수는 한산한 복도로 자리를 옮겨서 대화를 이어갔다.

"무슨 일이죠?"

"실은……."

수는 병실에서 본 강민수의 얘길 꺼냈다.

사생활이 담긴 얘기인지라 묻는 게 조심스러웠지만 그래도 알고 싶었다.

"제게 묻는 걸 보니, 아직 강민수 환자 분의 마음을 다 열지 못했군요."

"……네."

수는 수긍했다.

이유야 어쨌든 간에 털어놓지 않았다는 건 가까워지지 못했단 얘기기도 하다.

침울해지는 수에게 황은옥 호스피스가 옅게 웃으며 재차 말을 이었다.

"다는 아닐지 몰라도, 일부는 여셨잖아요."

"네?"

"제가 아는 강민수 씨는 어떤 상황에서도 속내를 조금도 털어놓는 분이 아니거든요. 조금이나마 운을 띄웠다는 거 자체가 가까워졌다는 뜻이에요."

"아!"

수는 절로 감탄사를 내뱉었다.

왜 그리 촉박하고 쫓기는 마음만 먹었을까.

서서히 가까워져 가고 있는 과정임에도 어째서 맴돈다는 생각만 했던 걸까.

"딜레마죠. 주어진 삶…… 어서 가까워져야 한다는 압박감에 자유로운 호스피스는 없어요."

황은옥 호스피스의 말은 놀랍게도 마치 수의 속마음을 속속들이 보고 있는 것처럼 정확하게 짚어서 얘기하고 있었다.

"선생님도 그러면……."

"저도 마찬가지예요."

"아."

너무도 의외였다. 뭐든 척척 환자의 마음을 열 것만 같았던 황은옥 호스피스마저도 수와 같은 고민을 하고 있던 것이다.

"말이 샜네요. 강민수 씨에 대해 물으셨죠? 거기까지 마음을 여셨으니, 마지막 한 발까지 다가가 보세요. 그런 의미에서 조금만 말씀드릴게요."

"네."

"강민수 씨가 젊었을 적에 뭘 하셨는지 아시나요?"

"아뇨. 도통 말씀을 안해주셔서……."

"프로 바둑기사셨어요."

"아!"

수는 탄성을 지르긴 했지만, 감탄사만큼 크게 놀라진 않았다.

이미 바둑을 통해서 그의 기력이 아마추어 수준을 훌쩍 뛰어넘고 있을 알고 있었기 때문이다.

"눈치채고 있으셨나 보네요."

"조금은요."

"그러면 프로 겜블러였단 것도 아시나요?"

"……!"

"전 세계 포커판을 휘어잡던 분이셨죠. 그때 대단했었습니다."

수에게는 꽤나 신선한 충격이었다.

프로 겜블러란 직업 자체가 일단 생소했다. 포커를 도박으로 보는 시선이 짙은 우리나라에서는 받아들이기 힘든 느낌이었다.

'타짜 같은 건가?'

아무래도 전문적인 도박사란 느낌이 강하다 보니 영화의 이미지가 먼저 떠올랐다.

하나 그건 국내라는 한정된 지역에서의 편견에 의한 것일 뿐 이미 세계적으로 포커는 도박이면서 하나의 스포츠로 자리 잡고 있었다.

"그분은 패배를 모르는 승부사셨죠. 세계가 주목을 했고, 세계가 인정하셨어요."

놀라운 한편 안타깝단 생각이 들었다.

세월무상이라고 했던가.

한 시대를 풍미했던 그였건만, 지금 병동에서 죽을 날을 기다리고 있는 모습이 너무 딱하기 그지없었다.

"대단하셨군요."

"하지만 행복하진 않으셨습니다."

"어째서?"

황은옥 호스피스가 천장을 올려다보며 안타깝게 대답했다.

"도박에 따라붙는 것…… 바로 술과 여자 때문이죠."

"……!"

*3*

"……."

버스를 타고 집으로 오는 내내 수의 시선은 차창 밖에 고정되어 있었다.

"저기 봐봐."

"이수 아니야?"

수를 알아 본 몇몇 여고생이 떠들어댔다.

하나 수가 워낙 무덤덤하게 있으니 말을 걸까 하다가 말았다.

수의 시선 밖으로 휙휙 차들이 지나가고, 수백 명이 넘는 사람이 시야에 들어왔다가 사라지기를 반복했지만 어느 것 하나도 기억이 나지 않았다.

모든 신경과 생각이 황은옥 호스피스와 나눴던 대화에 쏠려 있기 때문이다.

'아저씨는 가족이 보고 싶은 거야. 그리고 용서를 구하고 싶은 거지.'

강민수가 진정 바라는 게 뭔지 알아챈 수가 버스에서 내렸다.

다세대주택이 밀집해 있는 바위 언덕을 가로지르자 집에 도착했다.

"다녀왔습니다."

"이제 오니?"

신발을 벗던 수는 세련된 여성 구두 한 칼레를 보고 의아해 했다.

"누구 왔어요? 못 보던 구두가……."

"안녕."

거실 소파에 앉아 있던 아름이 고개를 돌리며 손을 흔들었다.

수는 너무나 당혹스러운 나머지 한동안 말을 잇지 못하다 말했다.

"네가 왜 여기에……."

부엌에서 다과와 차를 접시에 담으신 어머니가 거실로 나왔다.

"네들 다시 사귄다며?"

"……."

"헤어지기 전까지 죽고 못 살았잖아. 다시 이리 만나는 걸 보니 인연은 인연인 갑다."

"그러게요, 어머님."

아름은 어여쁜 며느리 모드로 돌변하며 갖은 아양을 떨었다.

그 가식적인 모습을 보고 있는 수는 부아가 치밀었다.

자신에겐 한마디 말도 없이 무턱대고 집을 찾아온 것부터 행동 하나하나까지 마음에 드는 구석이 하나도 없었다.

"너…… 잠깐 방으로 따라 들어와."

"지금? 급한 얘기야?"

"어."

수가 단호하게 대꾸를 하자 아름이 어쩔 수 없다는 듯 혀를 삐죽 내밀곤 소파에서 일어났다.

거실에 앉아 과일을 깎으시던 어머니가 그런 둘을 보고 농담을 던졌다.

"문 잠그면 안 된다!"

"그럼요."

어색하게 뒷머리를 긁적이는 제스처를 취한 아름이 수와 준이 함께 쓰는 방으로 들어갔다.

"여긴 그대로네. 저 책장도, 옷걸이도…… 하나도 변한 게 없어."

아련한 옛 추억이 묻어 있는 곳이다.

부모님이 부부 동반으로 여행을 가고, 준이 친구들과 게임을 가 날밤을 샌 덕에 풋풋했던 수와 아름은 이 방에 함께 있을 기회가 있었다.

"너 도대체 무슨 꿍꿍이로 여길 온 거냐?"

"목소리가 너무 커. 어머님이 들으시겠다."

"……묻는 말에 대답해. 나 화났으니까."

수는 끓어오르는 감정을 겨우 다스리고 있었다.

옛정을 생각해서 그녀가 텐프로란 사실를 숨겨주고자 동기 모임에서 연인이라는 선의의 거짓말을 하게 되었다.

그건 어디까지나 거짓 행세에 지나지 않았다.

그런데 지금 아름이 보여준 행동이나 태도는 실제 애인 같았다.

"겸사겸사 들렀어. 전해줄 말도 있고, 축하도 해줄 겸 해서."

"축하?"

"생방송에 진출한 거 축하해."

수의 눈썹이 찡그려졌다.

"어머니한테 들은 거냐?"

"아니, 제이엠 방송국 PD한테 들었어. 네 얘기인데 궁금해서 참을 수가 있어야지."

"무슨 꿍꿍이냐, 너."

옆머리를 귀 너머로 넘기며 더없이 예쁘게 웃는 아름을 보며 수의 안색이 딱딱하게 굳었다.

예전의 아름이라면 눈만 마주치고 있더라도 어떤 마음인지, 무슨 생각을 하고 있는지 알 수 있었다. 너무 순수해서 짐작이 가능했던 것이다.

하지만 이젠 아니다.

변해도 너무 변했다. 마치 다른 사람처럼.

"나 일 그만뒀어. 텐프로 때려치웠다고."

"뭐?"

아름이 웃었다.

너무 예쁘지만 안타까움이 배인 미소다.

# Chapter 12

*1*

"예전으로 돌아가고 싶더라. 네 여자친구로 있었던 그때로."

"너……."

수는 말문이 막혀서 무슨 말을 해야 할지 막연했다.

이미 두 사람은 남남이다.

남녀의 감정이라는 게 있다가도 없어지고, 없다가도 있는 것이긴 하나 이 년 가까이 떨어져 있던 둘에게 사랑이라는 감정이 남아 있을 리가 없다.

백번 양보를 해서 남아 있다고 해도 그건 일말의 미련이나 동정, 애증 정도의 감정이 다다.

"너라면 날 예전으로 돌려줄 수 있을 것 같더라."

"……."

"무리한 요구인 거 알아. 이기적인 것도 알아. 그래서 부탁하려고. 도와줘. 내가 그 세계에서 완전히 나와서 마음을 잡을 때까지만."

간절함이 느껴지는 떨리는 말투와 아름의 눈빛은 진솔했다.

백이면 백, 남자라면 그런 아름의 부탁을 절대 거절하지 못할 만큼 마성적이었다.

수도 마찬가지였다.

저리 부탁을 하니 마음이 약해졌다.

특히 아버지 사업이 망하고 나서 빚을 갚기 위해 텐프로가 된 그녀의 지난날을 돌아보면 옛정을 생각해서라도 도와주고 싶었다.

'기분 탓인가? 왜 진심이 느껴지지 않지?'

문득 스쳐 가는 생각이었지만 수는 잠시 접어뒀다.

"난 해줄 만큼 해줬다고 생각하는데."

"……."

"어, 곧 생방송 무대를 앞두고 합숙에 들어갈 거야. 외부와 연락도 차단되지. 널 도와주고 싶지만, 네 옆에 있어줄 수가 없어."

수가 솔직한 심정으로 얘기를 했다. 저리 저자세로 부탁을 하는 건 딱하지만 해줄 수 있는 선은 한계가 명확했다.

"나 많이 안 바라. 지금처럼만 지내준다고 약속해 줘."

"지금?"

"가끔 만나서 밥 먹어주고, 얘기 들어주면서 애인인 척 행세해 주는 거."

사냥꾼에게 잡혀 살려달라고 애원을 하는 노루의 눈동자가 저럴까.

아름은 이마저도 거절을 하면 당장에라도 눈물을 왈칵 쏟을 것 같은 모습을 보였다.

수는 그마저는 매정하게 자르지 못했다.

"이미 약속했잖아, 그건 들어주겠다고."

"고마워. 그때까지 난…… 네 여자친구인 거지? 그렇지?"

재차 확인을 하려고 드는 아름을 보며 수가 똑 부러지게 답을 줬다.

"어, 맞아."

"그 대답이면 충분해."

아름이 매우 만족스럽게 미소를 지었다.

무척 아름다운 그 미소에서 수는 왠지 모를 위화감을 느꼈다.

'이 찝찝함은 도대체…….'

정확하게 뭐라고 지칭하진 못했지만 뭔가 꿍꿍이가 있단 인상을 지우지 못할 때였다.

"아! 너 준이 여자친구 있는 거 알지?"

"네가 그걸 어떻게 알아?"

수가 또 놀라며 눈을 동그랗게 떴다.

설마하니 준과 그 여자친구에 대한 이야기를 아름의 입을 통해서 들을 줄은 꿈에도 생각하지 못했다.

"실은 이 말을 해야 할지 말아야 할지 망설였어."

"뭔데?"

아름은 시선을 피하며 어딘지 불안한 듯 눈동자가 흔들렸다.

뭔가 심상치 않단 느낌을 받은 수가 재촉했다.

"저번 주쯤에 준이랑 여자친구 봤거든."

"그래?"

"솔직히 이제 와서 아는 척하기 어색해서 무시했지. 그런데 어떤 여자애를 만나는지 궁금하긴 하더라고. 유심하게 봤지. 내가 아는 애더라."

"아는 애라고?"

수의 표정이 굳어졌다.

아는 애라는 건 무척 모호한 표현이다.

고등학교 선후배 사이일 수도 있고, 한 다리 건너서 안 사이일 수도 있다.

'설마 화류 쪽은 아니겠지. 암, 아닐 거야. 내 동생이 노는 여자를 얼마나 싫어하는데.'

동생 준의 취향에 대해 잘 안다고 자부하는 수였기에 그런 쪽으로는 걱정하지 않았다.

"사귀는 여자애 이름이 김정희야. 성형을 좀 하긴 했지만 꽤 예쁜 애지."

수는 그날 보았던 준의 여자친구 김정희의 얼굴을 떠올려 봤다.

그러고 보니 모 아이돌 가수와 묘하게 선이나 이목구비가 겹쳐 보였다.

"괜찮긴 하더라. 현아 닮은 거 같기도 하고."

"벌써 본 적 있는 거야?"

"오다가다."

"와, 근데 현아? 딴 여자 칭찬을 들으니 기분이 좀 별로네. 위로 보나 옆으로 보나 내가 더 나은데."

"……."

살짝 질투를 느낀 아름이 투덜댔으나, 수는 깡그리 무시해 버렸다.

"됐고, 하려고 했던 말이나 계속 해보지?"

"걔 이 바닥서 유명한 애야."

"미모로?"

"아니, 남자 등쳐먹는 걸로."

"뭐?"

수는 절로 깜짝 놀라서 반문을 했다.

그만큼 충격적인 말이다.

아름은 흐트러진 앞머리를 이마 위로 넘기며 걱정스럽게 말을 이었다.

"이쪽 출신인데, 끼가 없어서 오래 못 버티고 나갔어. 그래도 굴러본 가닥이 있다고 문어 다리처럼 대학생 애들 만나면서 돈 될 만한 거 다 뜯어낸다더라."

"……."

"그래서 붙어진 이름이 꽃뱀이야."

수는 망치로 머리를 세게 얻어맞은 듯한 충격을 받았다.

그간 까맣게 잊고 있었는데, 방에서 발견했던 명품 가방 영수증이 떠올랐다.

'설마…….'

불안감이 점점 실체를 띠기 시작하자 표정으로 드러났다.

"짚이는 게 있구나?"

"어."

아름은 더 늦기 전에 충고를 잊지 않았다.

"단단히 빠졌다면 헤어지게 만들기 쉽지 않을 거야. 그래도 못 만나게 해."

"당한 애가 많아?"

"꽤 돼."

"……."

수의 만면에 수심이 깃들었다.

어려서부터 자기 앞가림을 확실하게 해내던 동생 준이다. 현명하고 슬기롭게 대처했을 거라고 믿어 의심치 않았지만 모든 불안감을 떨쳐 내지는 못했다.

*2*

그날 저녁, 준이 늦게 집에 들어왔다.

근래 들어서 귀가가 많이 늦어져 부모님의 걱정이 이만저만이 아니라고 했는데, 낮에 아름에게 들은 얘기도 있고 해서 수도 신경이 쓰였다.

"얘기 좀 하자."

"나 피곤해, 쉬고 싶어."

근래 들어서 준의 안색은 눈에 띄게 좋지 않았다.

생기가 보이지 않고 어깨는 축 처져 있다. 아침에 눈을 뜨는 것을 버거워했으며, 티가 팍 날 만큼 살도 쪽 빠졌다.

"너 많이 아픈 거 아냐? 병원 가봐."

"괜찮아."

언제부터인지는 정확히 잘 모르겠다.

짐작하기로는 중간고사가 끝나고 지금이 아니면 어렵다며 일주일 정도 수업도 나가지 않고 여행을 다녀온 이후부터다.

급속도로 건강이 악화되더니만, 피로에 지쳐 쓰러지기 일쑤였다.

"너 여자친구 이름이 김정희 맞아?"

"형이 그걸 어떻게 알아?"

침대에 누워서 잠을 청하려던 준이 살짝 놀란 듯 몸을 돌렸다.

"맞구나, 맞나 보네."

"묻는 말에 대답해 봐. 어떻게 안 거야? 내 휴대전화라도 뒤졌어?"

"같이 있질 않는데, 볼 시간이라도 있었겠냐?"

"그러면 뭔데."

수는 어디서부터 말을 꺼내야 할지 난감했다.

격하게 반응을 보이는 준의 모습에서 이미 김정희에 대한 애정이 깊어 친형의 말조차도 귀담아 듣지 않을 공산이 크다는 걸 알았다.

"걔 소문이 안 좋아. 알아?"

"소문?"

준이 피식 비웃었다.

"나라고 모르고 만났을 거 같아?"

"……."

"걔 이젠 안 그래. 나 만나고 변했어. 설마 형도 그런 거 믿는 거 아니지?"

'쇠귀에 경 읽기.'

적극적으로 여자친구를 변호하는 모습에 수는 허탈함을 느꼈다.

지금 준이 보이는 태도는 단호하기 그지없다. 수가 어떤 식으로 나서서 설득을 하려고 들어도 결코 동조하지 않을 것이다.

"네가 하는 말이니 믿어. 믿어야지."

"어, 고마워."

수는 그렇다고 해도 한 번 더 말을 꺼냈다.

질적으로 좋지 않은 소문이 파다한 여자친구를 사귄다는 얘기는 형의 입장에서 심히 걱정이 될 만한 이야기였다.

"넌 똑똑하니까 잘 알 거야. 사람이 좋아할 때 물불 안 가리는 거…… 그때를 조심해야 해."

"너무하네. 결국은 내 말을 안 믿어준다는 말이잖아."

"준아, 그게 아니라."

"됐어."

준은 더는 듣기 싫다는 듯이 말을 잘랐다.

이불하고 베개를 챙기더니 침대에서 일어나 문고리를 돌렸다.

"같이 못 자겠다. 소파에서 잘 테니까 혼자 자."

"준아."

단단히 빠진 동생의 모습이 안타까운 나머지 수가 이름을 낮게 불렀다.

"내 앞가림은 내가 알아서 해. 형도 형 일이나 신경 써."

"……."

준은 원망만 남긴 채 쿵 방문을 닫고 거실 소파로 향해 버렸다.

종국엔 설득은커녕 분노만 사버린 수는 홀로 방에 남아서 한숨을 내쉬었다.

"진짜 어쩌지 이걸……."

하나 밖에 없는 친동생이다.

어려서부터 영민하고 제 앞가림을 해왔던 아이라 크게 걱정하지 않으려고 했다.

한데 막상 만나서 대화를 나눠보니 생각했던 것 이상으로 김정희에게 단단히 빠져서 헤어 나오지 못하겠다는 인상을 받았다.

진짜 아름의 말이 사실이라면 위험하리만치 홀려 있단 걱정도 앞섰다.

“믿을 수밖에 없나.”

이제 준도 다 큰 성인이다.

스스로의 의사로 판단을 하고, 결정을 내릴 시기다.

수는 일시적으로만 좀 더 참고 지켜보기로 했다. 그것이 그가 내릴 수 있는 최선의 선택이었다.

*3*

“또 가려니까 어색하네요. 뭔 휴가 나온 기분이야.”

현관에 선 수는 슈퍼위크에 참여할 때보다 더 많은 짐을 챙긴 캐리어를 끌고 서 있었다.

꿀맛 같은 일주일의 휴식이 끝나고 본격적인 생방송 무대를 준비하기 위해 합숙을 들어가는 날인 까닭이다.

“빠뜨린 거 없고? 속옷도 넉넉히 챙겼지.”

“응, 다 넣었어.”

“늦겠다, 서둘러서 가자.”

슈퍼위크 때와 달라진 것은 아버지가 손수 출근까지 미루시며 태워다 주겠다고 박박 우긴 점이다.

극구 괜찮다고 사양을 했지만 엄마까지 나서서 자랑스러

운 아들이 한 달이나 집을 떠나는 일인데 어떻게 안 데려다 줄 수 있냐며 고집을 부렸다.

결국 수도 두 손 두 발 다 들었다.

정말 오랜만에 아버지가 운전하는 택시를 탔다.

보조석에 앉아 계신 엄마는 집을 떠나는 수가 걱정됐는지 놓고 간 게 없는지, 필요한 게 없는지, 있다면 가다가 사야 한다며 갖은 잔소리를 늘어놓았다.

'하여간, 극성이시라니까.'

수는 물씬 전해지는 부모님의 사랑이 싫지 않았다.

표현은 하지 않았지만 사춘기가 지나서부터 두 분의 모든 관심이 동생인 준에게 쏠렸다.

그도 그럴 것이 중학교 입학 이후로 마땅한 과외나 학원을 다니지 않고서도 전교 1등을 놓쳐본 적이 없으니 준이 몹시 자랑스러웠을 것이다.

질투가 나기보단 수도 그런 동생 준이 흐뭇했다. 마치 수가 전교 1등을 한 것처럼 기쁘기까지 했다.

하지만 아무리 그렇다고 해도 동생은 수 본인이 될 수가 없었다.

늘 마음 한구석에는 부모님에게 인정을 받고 기쁘게 해드리고 싶은 열망이 숨죽이고 있었다.

'딴 게 효도가 아니야. 이게 효도일지도 몰라.'

그런 생각을 하고 있을 때, 아버지가 몬 택시가 방송국 지척에 정차했다.

"잘하고 오렴! 아들, 파이팅!"

"긴장하지 말고 평소대로 해라."

각기 다른 덕담과 위로를 건네는 두 분을 보며 수는 방긋 웃었다.

"뭐야, 우승하고 오란 말은 안 해주시네. 나 우승하고 올 건데."

"오냐, 할 수 있으면 해버려!"

"욕심 부리지 말고."

수는 따뜻한 미소를 머금고 아버지와 엄마를 동시에 끌어당겨 품에 안았다.

감정 표현이 드문 아들의 애정 표현에 두 분이 당황하긴 했으나, 이내 가족이란 끈끈함이 어색함마저 지워 버렸다.

"저 잘하고 올게요. 생방송 무대에서 봐요."

작별을 고한 수가 몸을 돌렸다.

한참을 걸어왔음에도 가지 않는 부모님을 향해 얼른 가라며 손짓을 하는 것도 잊지 않았다.

"준이를 보지 못한 게 아쉽네."

수의 입장에서는 진심 어린 조언을 한 것인데, 준은 받아들이지 않았다. 극도로 수를 경계하면서 말조차 섞는 걸 꺼려

했다.

'슬기롭게 대처할 거야. 내 동생이잖아.'

내심 불안함을 지울 순 없으나 굳게 그리 믿었다.

합숙을 앞두고 잡념이 끼어들면 온전히 집중을 할 수 없을 거란 생각에서다.

저 멀리 입구에서부터 카메라맨들이 보였다.

잠시 일상생활로 돌아갔었던 수는 그제야 다시 경쟁이 시작됐다는 인상을 받았다.

방송국 건물 홀에 들어서자 이미 탑 일레븐의 상당수가 도착해 있었다.

그중에는 반가운 얼굴뿐만 아니라 반갑지 않은 얼굴도 섞여 있었다.

"소연 씨!"

일주일 만에 보는 그녀가 반가웠는지 수가 친근하게 이름을 불렀다.

안소연 역시 미소로 반가움을 표시했다.

"한 주 잘 보냈어요?"

"베짱이처럼 놀고먹었어요. 아! 어제 방송에 소연 씨 나오는 거 봤어요. 완전 놀랐다니까. 무대에만 서면 다른 사람이야."

"안 그래도 어제 검색어에 떴더라고요. 여자 판…… 지킬 앤 하이드라고."

본인이 말하고도 쑥스러웠는지 안소연이 어색하게 볼을 긁적였다.

대기실에서 화장실을 왕래하며 압박감에 시달리던 그녀가 무대 위에 서서 포효하는 모습이 새삼 시청자들에게 멋지게 다가간 것이다.

'그 과정에서 악마의 편집이 크게 작용을 하기는 했지.'

수가 시선을 돌렸다.

쉴 수 있게 마련된 소파에 다리를 꼬고 앉아 있는 박정수가 보였다.

생방송 무대에 진출하면 가면을 벗고 당당히 자신을 밝혀 부모님의 허락을 받겠다고 선언을 한 그는 아직까지 가면을 쓰고 있었다.

시선이 마주치자 수가 목례를 하듯 눈인사를 건넸다.

획!

박정수는 그런 것조차 못마땅한 듯 그대로 무시하듯 고개를 돌려 버렸다.

'단단히 미움받아 버렸네.'

슈퍼위크를 거치면서 알게 모르게 박정수와는 미운 정도 든 케이스였다.

박정수의 모질고 너무하다시피 경쟁의식을 불태우는 모습

도 수는 싫지 않았다. 그만큼 남보다 앞서고 싶고, 잘하고 싶은 욕심이 많은 까닭이라고 여겼다.

"다 도착하셨네요. 곧 스튜디오로 이동을 하겠습니다."

스태프의 안내에 따라 탑 일레븐은 각자 캐리어를 끌고 스튜디오로 향했다.

슈퍼위크 심사가 치러졌던 스튜디오는 전혀 다른 모습으로 탈바꿈되어 있었다.

딱 열한 개의 맞춤 의자가 놓여 있었으며, 앵글에 모두를 담을 수 있게 공간도 좁게 가져갔다.

오로지 탑 일레븐에 집중하기 위한 포인트를 둔 것이다.

그곳에 옹기종기 모여 앉자 이준익 연출이 직접 등장했다.

카메라가 돌아가지 않는 상황에서 그는 차후의 일정에 대해서 자세하게 설명을 했다.

"합숙을 받는 한 달 동안 정말 바쁠 거예요. 당장 CF 촬영만 해도 두 개가 밀려 있고, 부족한 부분에 대한 보컬 트레이닝도 받아야 하거든요."

"……."

"근데 이보다 더 중요한 건 여러분을 가꾸고 만드는 일입니다. 하나 물어볼게요. 슈퍼스타가 어떻게 탄생하는지 아나요?"

탑 일레븐은 모른다는 듯 고개를 저었다.

눈을 빛내며 그에 대한 대답을 어서 말해달라며 이준의 연출에게 촉구했다.

"변화에 수긍하고, 인정하고, 받아들이는 겁니다."

"……."

"혹독할 겁니다. 여배우들은 몸매를 관리하기 위해 닭가슴살과 채소로만 배를 채우죠. 또 남보다 콤플렉스가 있는 얼굴에 칼을 댑니다. 우리 역시 그럴 겁니다."

'가수가 아니라, 스타를 만들어낸다는 뜻이잖아?'

수는 저 말이 꼭 좋게만 들리진 않았다.

프로그램의 이름에서 추구하듯이 슈퍼스타Z는 스타를 발굴하고 키우는 데 중점을 둔다.

하지만 그 모태는 어디까지나 가창력을 기반으로 한 가수 발굴에 초점이 있다.

'우리를 상품화시킨다는 게 썩 마음에 들진 않지만 감수해야지.'

그리 여겨졌지만, 수는 반박을 하고 싶지 않았다.

여기 모인 탑 일레븐 모두의 눈을 보라.

그들이 원하는 건 가수로서 인정을 받는 것도 있지만, 브라운관에서 늘 보아오던 유명 연예인, 즉 슈퍼스타가 되고 싶은 욕망으로 가득 차 있었다.

"이 자리에서 각오를 담은 인터뷰를 할 겁니다. 그리고 바로 새 숙소로 이동하겠습니다."

이준익 연출이 그리 말을 하고 물러났다.

이윽고 탑 일레븐을 한자리에 모은 곳에 MC 김정주가 와 여러 가지 질문이 오갔다.

두 시간에 가까운 촬영이 끝나고 이제 좀 쉴 수 있을까 싶었는데, 이준익 연출은 이들을 가만두지 않았다.

"개인 면담이 있을 예정입니다. 호명하면 오시면 됩니다."

이윽고 하나, 둘 이름이 불려 나갔다.

무슨 얘기를 하는 걸까?

궁금했지만 어차피 알게 될 거 참고 기다렸다. 이어서 수가 호명이 되었다.

따로 마련된 방에 들어서자 이준익 연출이 계약서를 내밀었다.

"전에 말했던 계약서입니다."

수가 시선을 종이 뭉치에 고정했다.

슈퍼위크를 통과하고 탑 일레븐이 확정되면서 이준익 연출은 몇 가지 약속을 받았다.

그 약속과 관련된 조항을 서류와 법적인 절차로 정리를 한 것이 이 계약서라고 했다.

"한번 읽어봐도 되죠?"

"네, 보세요."

수는 손을 뻗어 페이지를 넘기면서 쭉 읽어 내려갔다.

계약서라고는 별과 밤에서 근무하며 한비아 사장과 쓴 근로계약서가 다다.

그것도 정식 근로계약서라기보단 이직을 하지 않겠단 일종의 서명과 같은 것이었다.

그런 이유로 수도 계약서에 대해선 잘 몰랐다.

다만 몇 가지 의아하거나 부당하다고 느끼는 조항이 있었다.

편의상 언급을 해두자면 갑은 슈퍼스타Z의 제작을 맡고 있는 제이엠이고, 을은 탑 일레븐이다.

조항 1. 슈퍼스타Z를 통해 발표되는 모든 음원의 저작권은 일체 갑이 지니게 된다.

조항 2. CF, 광고, PPL 등 일절의 광고 수입은 갑이 지니며, 일정 수익을 균등하게 을(들)에게 배분한다.

조항 3. 을은 합숙 과정에 충실히 임할 것이며, 독단적인 행동으로 이미지 손상 및 실추, 프로그램에 악영향을 미칠 시에 그에 따른 책임을 져야 한다.

조항 4. 종방 이후로 일 년간 을의 활동과 관련된 결정은 갑과 동의하에만 가능하다.

계약서에 대해 잘은 모르나 수가 가장 부당하게 느끼는 조항들이다.

1번 조항만 해도 그렇다.

시즌을 거듭해 오면서 슈퍼스타Z의 음원 파워는 이미 증명이 됐다.

각 미션이나 무대를 통해 발표되는 참가자의 음원은 늘 음원차트 상위권에 랭크되었다.

거기서 발생하는 수입을 일체 갑이 통제한다고 한다. 더구나 어떤 식으로 수입을 나눌 것인지에 대한 언급도 통째로 빠져 있었다.

'그래, 그렇다 치자. 2번 조항도 마찬가지잖아. 일정 수익? 명확한 기준도 없이 너무 애매하잖아.'

계약서에도 언급을 했다시피 제작진은 갑이고, 참가자는 을이다.

다시 말해서 제작진이 탑 일레븐을 선택한 만큼, 따를 의사가 없으면 나가라는 말과 진배없다.

그것이 부당하다고 하더라도 그들은 손해 볼 게 없었다.

문득 이준익 연출이 초기에 했던 말이 떠올랐다.

'스타는 타고나는 게 아니라, 만들어지는 겁니다.'

그땐 그저 말 자체로만 이해를 하고 받아들였다.

그런데 이제 와서 다시 생각을 해보니 스타를 만드는 건 갑인 제작진이며 당신들은 그저 우리가 제시한 대로 따라오는 인형이라고 말하고 있는 것 같았다.

그러한 조항이 가장 잘 드러난 조항이 바로 3번 조항이다.

"여기 보면 독단적인 행동으로 이미지 손상 및 실추, 프로그램에 악영향을 미칠 시에 그에 따른 책임을 져야 한다라는 조항이 있는데 정확히 뭘 뜻하는 거죠? 손해배상 같은 건가요?"

"비슷하긴 한데 조금 달라요."

"어떻게 다른 건가요?"

수가 되묻자 이준익 연출이 팔짱을 끼곤 생각을 도울 만한 비유를 들며 설명했다.

"어디로 튈지 모르는 공 같은 지원자들을 위한 일종의 제어 같은 거죠. 여러분이 보여줄 무대는 생방송이다 보니 돌발행동에 취약할 수 있거든요."

"그러면 여기 언급된 책임이라는 건?"

"금전적인 건 아닙니다. 단, 제약이 따르겠죠. 최소 삼 년간 활동을 금지한다는 조항 같은 게 발동될 것입니다."

그제야 뭔 말인지 이해가 간 수가 고개를 주억거렸다.

'완전 노예계약이군.'

새삼 이런 게 방송인가 싶었다.

말은 번지르르하게 대국민을 위한 오디션이라고 떠들면서 실제는 시청률과 지들의 잇속을 챙기는 데 혈안이 되어 있었다.

더 화가 나는 건, 그걸 알면서도 따를 수밖에 없다는 거다.

급한 건 제작진이 아니고, 바로 참가자 당사자들인 까닭이다.

"사인하죠."

부당함을 알지만 수로서도 어찌할 도리가 없었다.

여기까지 왔는데 포기하기엔 너무 아쉬웠다.

어차피 이렇게 된 이상 꼭 우승을 차지하고 말겠다고 마음을 굳혔다.

수가 서명을 끝내자 이준익 연출 옆에 앉아 있던 스태프가 계약서를 챙겼다.

"됐네요. 이제 나가보셔도 됩니다."

"잠시만, 드릴 말씀이 있어요."

갑작스런 요청에 이준익 연출이 고개를 들어서 눈을 맞췄다.

"말씀하세요."

"일주일에 한 번씩 시간이 날 때면 외출이 가능할까요?"

이준익 연출이 어이없을 숨기지 못하고 인상을 팍 찌푸

렸다.

"당연히 안 됩니다. 이유나 물어보죠. 아실 만한 분이 왜 그런 어처구니가 없는 말을 하는 거죠?"

"실은……."

수가 꼭 그러고 싶은 이유와 사정을 설명했다.

처음엔 못마땅한 기색을 보이던 이준익 연출의 표정이 조금씩 누그러졌다.

다른 사람은 보지 못하는 연출자의 관점에서 볼 때, 수를 부각시키고 좀 더 매력적인 인간미를 부각시킬 수 있는 스토리텔링으로 부각이 가능할 것 같아서다.

"그런 이유에서라면 허락하죠. 단, 두 시간뿐입니다."

"네, 그거면 충분합니다."

두 사람은 합의를 도출하고서야 대화가 끝이 났다.

# Chapter 13

*1*

"후우."

공터에 택시를 세우고 집으로 들어가던 아버지가 의아하게 여기며 물었다.

"웬 한숨이야?"

"그냥 해준 것도 없는데, 잘 해나가는 수가 대견하기도 하고. 미안하기도 해서요."

부모의 마음이란 게 참 그렇다.

한사코 자식은 괜찮다고 하더라도 늘 미안한 마음을 품고, 더 해주지 못한 것에 대한 후회로 한평생을 살아간다.

찰칵!

현관문을 따고 집으로 들어왔다.

"어? 준이가 벌써 들어왔나? 준아!"

엄마는 신발장에 놓여 있는 준의 신발을 보곤 불렀다.

어디서도 인기척이 느껴지지 않음을 이상하게 여기고 방에 노크를 했다.

"문 열게."

문고리를 돌려서 안을 들여다 본 엄마는 까무러치게 놀라며 들고 있던 가방을 바닥에 떨어뜨렸다.

"준아!"

"뭔 일이야?"

다급한 엄마의 목소리에서 심상치 않음을 느낀 아버지가 안방에서 후다닥 달려왔다.

"준아!"

아버지 역시 감정을 주체 못하고 아들의 이름을 불렀다.

누워 있는 것이 아닌, 방바닥에 의식을 잃고 쓰러진 아들을 봤기 때문이다.

"준아, 정신 차려! 정신!"

당황한 나머지 아무것도 못하고 손만 떨고 있는 엄마와 달리 아버지는 이상적으로 대처했다.

일단 코에 손가락을 대고 숨을 쉬고 있는가를 확인했다.

다행히 호흡은 정상이다.

그렇다고 하더라도 이대로 방치를 해두면 위험할 것 같았다.

"119…… 빨리 119 불러야 해."

"뭔 119야? 여기까지 오는 거 기다리느니 늦어!"

다세대주택이 밀집된 지역인만큼 앰뷸런스가 들어오기 버거웠다.

만약에 오가다 차가 끼이기라도 한다면 이러지도 못하고 저러지도 못하는 상황에 처하고 만다.

보다 못한 아버지가 준을 들쳐 맸다.

이미 그보다 한 뼘 이상이 더 커버린 아들이었지만, 이 순간 초인적인 힘을 발휘하는 아버지였다.

"비켜!"

다급한 마음에 아버지는 신발도 신지 않고 맨발로 집을 뛰쳐나갔다.

경황이 없는 엄마는 눈물을 보이며 신발과 지갑을 챙겨 뒤를 따랐다.

택시 뒷좌석에 준을 눕힌 아버지가 시동을 걸었다.

엄마는 준의 손을 부여잡고는 기도를 드렸다.

"제발, 하느님. 우리 아들 데려가지 마세요."

"재수 없는 소리 마!"

"흐으윽! 내가 신경을 썼어야 해, 내가."

엄마의 말이 후회로 얼룩졌다.

최근 안색이 좋지 않아 걱정이 된다는 말을 입에 달고 살았다.

하지만 정작 그러면서 병원에 데려가지 못했다.

그게 너무 후회가 됐다.

만약 준이 잘못되기라도 하는 날엔 가슴에 평생 치유되지 못할 멍울을 안고 살아가야 할 것만 같았다.

"살아, 산다고! 우리 애 그리 안 약해. 마음 단단히 먹어."

"흐윽, 준아."

아버지는 물불 가리지 않고 엑셀을 밟았다.

자식의 목숨이 촌각에 달린 까닭이다.

가장 가까운 종합병원 응급실에 도착해 차를 세우기가 무섭게 아버지가 준을 들쳐 멨다.

신발도 신지 않은 채 맨 땅을 밟고 정신없이 뛰어가 소리쳤다.

"우리 아들이 쓰러졌어요. 의사 선생님 불러주세요. 어서요!"

악을 바락바락 지르자 딴 환자를 보던 간호사 한 명이 다급하게 뛰어왔다.

"이쪽으로 눕히세요!"

빈 침상을 가리키자 아버지가 얼른 준을 눕혔다.

그러자 엄마가 손을 꼭 부여잡고는 눈물을 보이셨다.

"애야, 눈 좀 뜨렴. 어서……."

"보호자 분 잠시만 비켜주세요!"

의사가 간호사를 대동하고 나타더니 동공을 확인하고, 맥박, 혈압 등을 체크하며 묻기 시작했다.

"언제부터 의식 없었죠?"

"모르겠어요. 나갔다 오니 방에 쓰러져…… 흐윽!"

끝내 울음을 터뜨리고 펑펑 우시는 엄마의 어깨를 아버지가 감쌌다.

*2*

탑 일레븐 중 남자는 일곱 명, 여자는 네 명이다.

새로 배정된 이 층 구조의 숙소 중 일 층은 남자들이 짝을 지어 사용을 하고, 이 층은 여자 합격자들이 이용하게 되었다.

남녀가 유별한데 한 건물에서 생활하는 게 의아하게 비칠 수도 있었지만, 한 공간에서 촬영을 하는 게 이점이 있는 까닭에 그리 짠 듯싶었다.

숙소에 도착해서 새 룸메이트와 방을 배정받았다.

수와 방을 함께 쓰게 된 건 룸메이트는 권태완이라는 부산 청년이었다.

'박정수와 한 방을 쓰는 게 아니라 다행이네.'

하긴, 조별 미션 대결 이후로 두 사람 사이가 좋지 않은 건 탑 일레븐뿐 아니라 제작진들도 다 아는 사실이다.

불화가 있을 만한 상황을 그들로서도 만들고 싶지 않았을 것이다.

"잘 부탁한데이."

참 구수하게 사투리를 구사하는 권태완은 한 눈에도 상남자였다.

락을 좋아하고, 당당히 락발라드와 락으로 슈퍼위크를 통과한 그는 어제 방송을 통해서 남자다운 이미지로 시청자들에게 자리매김을 하고 있었다.

'그건 그렇고 저 카메라 참 거슬리네. 꼭 감시받는 기분이잖아?'

수는 힐끗 방구석에 달린 카메라를 의식했다.

제작진은 수면 한 시간 전을 제외한 모든 생활이 촬영될 것이라고 미연에 밝혔다.

사생활 노출이 될 수도 있었지만 그것이 시청자가 원하는 것이며, 방송 분량의 확보를 위해 필연적인 거라며 따라주기를 종용했다.

내키진 않았지만 달리 방도도 없다 보니 수도 묵묵히 따랐다.

한 달을 생활하려면 짐 정리부터 하는 게 좋겠단 생각에 캐리어를 열고 옷가지를 서랍과 옷장으로 하나둘 옮길 때였다.

"바로 이동합니다. 오 분 내로 나와주세요!"

거실에서 조연출의 목소리가 들렸다.

군대보다 더 여유가 없이 빡빡하게 움직이는 것 같다는 생각이 들었지만 이미 예상을 하고 있던 일이었기에 담담했다.

'어디 지옥의 합숙이 뭔지 몸으로 체험해 볼까?

피할 수 없다면 즐겨라!

수는 이 합숙을 최대한 즐거운 마음가짐으로 지낼 것을 결심했다.

*3*

"으으…… 아!"

비지땀을 흘리며 고통에 찬 신음을 흘리던 준이 눈을 부릅떴다.

거친 숨을 토해내던 준은 전혀 집과는 다른 문양의 천장과 코를 찌르는 소독약 냄새, 낯선 촉감의 이불에 이곳이 집이 아님을 알아챘다.

"여긴……."

"준아! 정신이 들어?"

양손을 꼭 모으고 기도를 드리고 있던 엄마의 표정이 환해졌다.

"어, 엄마?"

"몸은 좀 어때? 아픈 데는 없고?"

"괜찮아."

준은 왜 자신이 여기 있는 지를 되짚어봤다.

오전 수업을 듣는 내내 머리가 어지럽고 현기증이 들었다. 눈이 핑 돌고 식은땀이 흘러서 도저히 수업을 들을 수 없어 집으로 돌아왔다.

가방을 내려두고 침대에 누우려고 하는데 하늘이 노랗게 변했다.

다리가 후들후들거리더니 이내 털썩 주저앉으며 쓰러지고 말았다.

거기까지가 준이 생각하는 마지막 기억이다.

"준아……."

"어?"

엄마는 손을 부여잡고는 뭔가 말을 하지 못하고 자꾸 머뭇거렸다.

그러다 이내 한껏 목이 멘 소리로 물었다.

"너 신장…… 왜 한쪽이 없는 거니?"

"……!"

준은 뭐라 할 말을 찾지 못한 채 두 눈을 그대로 감아버렸다.

침묵이 흘렀다.

준은 말을 하지 않았고, 엄마는 그저 눈물만 주르륵 흘렸다.

눈에 넣어도 아프지 않을 자식의 신장 한쪽이 떼어져 나간 것도 모른 채 방치했다는 한심함에서 죽어버리고 싶은 심정이다.

"도대체 뭔 일을 겪은 거야? 왜…… 왜 없는 건데?"

"돈이 필요해서 팔았어."

"뭐?"

준은 고개를 돌렸다.

"신장 한쪽 없어도 사는 데 지장 없어. 그러니까 걱정하지마."

"걱정하지 말라고? 이 몰골을 해서…… 쇼크로 죽을 뻔한 자식이 부모한테 그게 할 말이야?"

"……."

준은 입술을 앙 다물었다. 꽉 깨문 입술 너머로 이건 아니라는 생각이 들었지만 사실대로 말을 할 수는 없었다.

늘 기대를 받아오고, 실망시켜 드리지 않았던 자랑스러운 아들이었다.

안 그래도 실망을 하셨을 텐데, 진실을 아셨을 때 엄마가 받을 충격이 짐작도 되지 않았다.

눈물을 쏟아내던 엄마가 이내 마음을 추스르고는 말했다.

"안 되겠다. 경찰에 신고해야겠어."

"신고라니?"

염치가 없어 절대 돌아볼 것 같지 않던 준의 고개가 돌아갔다.

엄마는 비장한 얼굴로 말했다.

"내 아들의 장기가 없어졌다고! 근데 넌 이유를 말하지 않고 있잖아. 그럼 밝혀내야지."

"내가 팔았다고 했잖아. 돈이 필요해서 팔았다고!"

"돈이 왜 필요했는데? 과외도 하는 네가 그 큰돈이 왜 필요했냐고!"

그리 말을 하며 엄마가 주머니에서 구깃구깃 영수증을 꺼냈다.

"……!"

그걸 본 준의 눈이 보름달보다 더 크게 커졌다.

프라다, 구찌, 샤넬…… 여자라면 누구나 한 번씩 탐을 낼 명품 브랜드샵에서 발행한 영수증으로 그 액수가 도합 천만원을 훌쩍 넘어갔다.

"말해보렴. 어서! 이게 다 뭐니!"

"……생각하시는 대로예요."

더는 거짓말로 둘러대기 어려울 거라 판단한 준이 솔직하게 모든 걸 털어놓았다.

"좋아하는 여자가 있어요."

"그런데…… 좋아하면 이래도 되는 거야? 신장까지 팔아서 명품을 사줘야 할 만큼?"

"……."

"어서 말해봐. 말해보라고 이 녀석아!"

하늘이 무너지는 것 같은 막막함에 엄마가 준을 부여잡고 흔드셨다.

끝내 준은 고개를 들지 못했다.

*4*

합숙의 일정은 그야말로 지옥이었다.

평균 수면 시간은 네 시간 언저리에 머물렀다.

첫 열흘간은 탑 일레븐이 한 자리에 모이는 일이 드물 정도로 분주했다.

우선 제작진은 그간의 모니터링과 더불어서 카메라 테스

트를 통해서 탑 일레븐의 외형적인 단점을 극복하는 데 주안점을 뒀다.

"소연 씨."

"네?"

"너무 말라서 빨을 잘 못 받네. 우선 운동하면서 먹자. 살 좀 찌우고…… 얼굴엔 보톡스 좀 맞자."

메인작가 전미연은 연출들과 합의 끝에 안소연의 시술을 결정했다.

처음엔 어처구니가 없다는 반응이었지만, 안소연은 그리 싫지 않아 보였다.

본인 스스로도 홀쭉한 얼굴형보다는 보톡스를 맞아 가름해지기를 원했다.

이러한 시술은 남성이라고 해서 예외가 아니었다.

"태완 씨는 근육은 좋은데, 얼굴이 비대칭이야. 일단 몇 가지 시술 받자."

"음, 살 빼자. 20킬로는 빼야 빨을 받을 거 같아."

정말이지 이게 오디션 프로그램이라고 믿기지 어려울 만큼 보컬 트레이닝과는 동떨어진 일정의 반복이 계속됐다.

"수 씨는 그 촌스러운 머리부터 바꾸자. 태는 나쁘지 않은데, 어깨가 좀 처졌어. 그거 교정하자."

얼떨결에 개인 헬스 트레이너까지 붙게 되면서 수도 PT를 받게 됐다.

밖에선 목돈을 주고 겨우 받을 수 있는 것이기에 호사로 비칠 법도 했지만 수는 그렇게 생각하지 않았다.

'광대나 인형이 된 기분이야.'

열흘쯤 지나지 탑 일레븐의 외형적인 모습에 많은 변화가 있었다.

그러자 본격적인 광고 촬영에 돌입했다.

이미 시즌을 거치면서 탑 일레븐의 문화 영향력이 입증된 까닭에 이름을 대면 알 법한 대기업 CF 촬영이 줄줄이 이어졌다.

처음엔 낯설어서 계속 실수를 연발했다.

하루 온종일 같은 동작과 표정, 몸짓, 말만 반복을 하는 게 결코 쉬운 일이 아니었다.

하나 이것도 하다 보니 적응이 되었다.

온종일 촬영을 끝나고 나면 또 운동을 해야 했다.

결국 이 주간 서너 시간 남짓 목을 푼 걸 제외하면 음악과는 전혀 상관없는 시간을 보낸 셈이다.

그러던 중 생방송 무대를 열흘 앞두고 드디어 미션이 주어졌다.

기숙사 가사 분담을 놓고 청소, 요리, 빨래 등을 가장 잘한 사람이 생방송 무대에서 자기가 부를 순번을 결정할 수 있는 것이었다.

우승은 놀랍게도 상남자 권태완이 차지했다

그는 거친 사투리에 비해서 설거지를 무척 섬세하게 할 줄 아는 남자였다.

그러던 시간이 흐르던 어느 날, 정말 오랜만에 탑 일레븐이 메이크업을 받고 방송국에 모였다.

MC 김정주가 불시에 등장을 하면서 첫 생방송 무대에 대한 정보를 줬다.

"생방송 무대에 주어진 미션은……."

뜸을 들이던 그가 손을 위로 올리는 제스처와 함께 불을 밝혔다.

"자율적 공연입니다!"

탑 일레븐의 표정이 묘하게 변했다.

미션이라고 하면서 자율적이란 단서가 붙는 게 앞뒤가 맞지 않아서다.

"역대 시즌과 달리 이번 미션은 탑 일레븐의 역량을 최대한 발휘할 무대를 만들고자 함입니다. 가장 베스트의 컨디션으로, 가장 잘 부를 수 있는 베스트 곡으로 생존한다. 그게 이번 공연입니다."

자율적 공연이라는 말에 대다수가 반기는 기색이었다.

각자 음색과 스타일에 맞게 선호하는 장르가 있었으니, 진검 승부로 다음 라운드에 진출할 거란 자신감에 차 있었다.

그러나 수의 생각은 달랐다.

'좋아할 때가 아닌데?'

잘할 수 있는 걸 겨룬다는 건, 달리 말하면 탑 일레븐 내에서도 서열이 확실히 나뉜다는 말이다.

또 첫 무대부터 자기의 모든 걸 쏟아낼 확률이 높으니, 다음 공연으로 진출할수록 밑천이 거덜 날 공산이 컸다.

'물론, 나는 빼고.'

수는 자신만만했다.

밑천이라는 건 어디까지나 기본이 부족할 때 드러나는 현상이다.

탄탄한 베이스 실력을 갖춘 수로서는 이런 진검 승부로 첫 무대에서 눈도장을 확실하게 받아놓을 생각이었다.

그때 박정수의 시선을 의식한 수가 고개를 돌렸다.

그는 피하지 않고 눈을 직시했다.

'꼭 나를 이겨야 직성이 풀리겠다는 거 같은데, 기대해 볼까?'

이번 공연에서 박정수가 가면을 벗기로 결정이 났다고 한다.

한 숙소에서 생활을 하는 수조차 보지 못했던 박정수의 외모가 공개되면서 몰고 올 파장과 더불어 대국민 문자 참여까자 겸한 음악적인 정면 대결이라니.

벌써 심장이 뛰는 것 같았다.

*5*

엄마는 강남 사거리에 위치한 모 프렌차이즈 카페에 들어갔다.

연애 때 종종 다녀본 다방을 제외하고선 수십 년 만에 처음 방문한 곳이다.

두리번거리던 엄마가 구석에 자리를 잡았다.

준의 간호를 하면서 맘고생이 심했는지 얼굴이 많이 상해 있었다. 또 병원에서 바로 나온지라 행색도 추레하기 그지없었다.

"……."

엄마가 젊은 사람이나 다닐 이런 카페를 찾은 이유는 누구를 만나기 위해서다.

'욕을 먹더라도 내 눈으로 봐야겠어.'

자식을 둔 엄마는 집요했다.

며칠간 준의 동태를 살피던 엄마는 슬쩍 휴대전화 패턴을 기억해 뒀다.

그러다가 준이 잠이 든 새벽에 몰래 휴대전화를 들고 나와서 여자친구로 짐작이 되는 김정희의 전화번호를 알아냈고 만나고자 약속을 잡았다.

이 자리에 오는 내내 엄마는 많은 생각을 했다.

막상 만나게 될 생각을 하니 어찌해야 할지 난감했다.

화를 내야 할까?

왜 내 아들을 그렇게 만들었냐고?

설득을 해야 할까?

그것도 아니라면 훈계?

본인조차 어떤 마음가짐인지 알지 못한 채 무작정 만나고자 한 시간이 되었다.

"준이 어머님?"

엄마가 고개를 들었다.

"……."

아이돌이나 할 법한 노란 머리에 속옷이 비칠지도 모를 만큼 파인 셔츠, 허벅지를 여실히 드러낸 핫팬츠 차림이다. 그런 주제에 가방은 명품이다.

확실한 건 어른들이 보기엔 절로 눈살이 찌푸려질 만한 의상이란 것이다.

'저게 우리 아들이 사준…….'

엄마의 가슴이 쓰라렸다.

"왔군요, 앉아요."

"아뇨, 가봐야 되니까 용건만 말씀하세요."

요새 애들이 원래 이렇게 되바라졌나?

어른의 말에도 불구하고 저리 딱 부러지게 말을 끊는 게 가관이었다.

"우리 준이가 아가씨를 많이 좋아하는 것 같더라고요."

"그런데요?"

엄마는 되바라진 반문에도 화를 한 번 참았다. 병실에 누워 있는 준을 생각해서다.

"우리 애가 그쪽 명품 가방 사주려고, 신장을 판 거 알아요?"

"그래서요?"

"그래서라뇨. 그저 난 애인인 아가씨한테……."

"아, 씨!"

김정희가 짝다리를 짚더니 갑자기 욕을 내뱉었다.

엄마는 너무 황당한 일을 겪은 나머지 화조차 내지를 못했다.

"지, 지금 욕한 거예요?"

"가방 하나 사주고 더럽게 지랄하네. 그럴 거면 아줌마가 도로 가져가."

김정희는 짜증이 잔뜩 난 표정으로 메고 있던 가방에서 지갑을 꺼내더니 엄마의 발밑에 집어 던졌다.

"너, 너……."

엄마의 손에 부들부들 떨렸다. 억장이 무너짐과 동시에 참을 수 없는 울화에 몸을 가눌 수가 없었다.

저 가방은 그냥 가방이 아니다.

준의 장기를 바닥에 내동댕이친 거다.

그래도 아들이 좋아하는 여자라고 해서 좋게 타일러서 보내려고 했다.

원망을 안 한다면 거짓말이겠지만, 좋아하는 여자를 위해 장기를 판 선택을 한 건 어디까지나 준이였기 때문이다.

그런데 이건 아니지 않나?

"겨우 가방 하나 갖고 생색이야. 짜증 나게."

김정희는 갖은 패악적인 말을 뱉어내더니 이내 휙 돌아서서 가버렸다.

"거기 서!"

보다 못한 엄마가 벌떡 일어나서 말했으나, 김정희는 뒤돌아서 비웃음을 날리더니 그대로 가버렸다.

"서, 서라고!"

엄마가 쫓아가려고 했지만 몰려드는 손님에 치이고, 김정희가 신호 바뀐 횡단보도로 건너가 버리자 쫓아갈 재간이 없었다.

털썩!

망연자실한 엄마가 길거리에 주저앉더니 땅을 치며 통곡했다.

“우리 아들 어째…… 불쌍한 우리 준이만 어쩌느냐고…….”

『내일을 향해 쏴라』 3권에 계속…

*2권을 마치며*

안녕하세요, 김형석입니다.

신의 한 수를 완결 친 지 반년 만에 찾아뵙는 신작입니다.

본래 판타지를 쓰고자 마음먹었는데, 막상 뒤돌아보니 현대물을 쓰고 있는 저를 보게 되네요. 그만큼 제겐 친숙한 장르가 된 거 같습니다.

내일을 향해 쏴라는 호스피스에 대해 다루고 있습니다.

시한부 환자를 돌보는 이 직업은 아직 국내에 널리 알려지지 않았습니다. 자원봉사자와 그 차이를 구분하기 어려울 만큼 애매한 포지션이기도 하고요.

어려운 얘기가 될 수도 있기에, 최대한 쉽게 풀고자 노력했습니다.

낯선 소재인만큼 독자 분들의 거부감을 피하기 위해 최대한 가깝지만, 쉽게 공감할 수 있는 에피소드를 염두에 뒀습니다.

확실한 건, 주인공 수가 누군가에게서 재능을 물려받는 건 호스피스와 관계가 있다는 겁니다. 이건 다들 눈치를 챘으려나?

긴 이야기의 서막이 열렸습니다.

수의 행보가 어디까지 이어지고, 얼마나 많은 사람과 엮이며 성장하게 될지는 저조차 알지 못합니다.

단지 끝까지 초심을 잃지 않는 선에서 제가 전달하고자 하는 메시지를 담도록 노력하겠습니다.

감사합니다.

말년병장,
이등병 되다!

유행이 아닌 자유추구 -
www.chungeoram.com